Steffen P

SLEVOGTS TOD

Kriminalgeschichten aus der Pfalz

AGIRO

AGIRO

Satz & Layout: Ines Boiselle, Clemens Ellert
Lektorat: Ines Boiselle
Schutzumschlag: Michael Beck, Steffen Boiselle
Illustrationen: Steffen Boiselle
Printed in Germany
ISBN 978-3-939233-60-2

Weitere Informationen unter:
www.agiro.de

AGIRO

DIE PFALZ UND DER TOD

Ein Vorwort

Es gibt Regionen auf dieser Welt, die als Schauplätze für Vergehen und Verbrechen aller Art geradezu prädestiniert erscheinen. Island zum Beispiel, mit seiner halbjährlichen Sonnenfinsternis, seinen unheimlichen Vulkanen und abgeschiedenen Hochebenen. Oder Venedig mit seinen verschachtelten Gassen und dunklen Wasserwegen. Irrtum: In Wirklichkeit sind die venezianischen und isländischen Kriminalstatistiken eher dürftig.

Aber nehmen wir doch mal die Pfalz. Diese Landschaft strotzt vor Lieblichkeit und Anmut. Und es ist kaum vorstellbar, dass sich hier ein Küchenmesser, mit dem man den schmackhaften Saumagen aufschneidet, in ein Mordinstrument verwandelt. Dass Teenager mit Gift ermordet werden sollen. Dass Killer aus aller Welt sich hier gegenseitig umlegen. Dass ein im Speyerer Technik Museum ausgestelltes Flugzeug auf mysteriöse Weise einen Ausstellungsbesucher erschlägt. Dass Mord und Totschlag nicht einmal vor dem Inneren der Pfälzer Kirchen haltmachen. Dass findige Detektive auf die Spur untreuer, kapriziöser Ehegattinen gesetzt werden müssen oder Karikaturisten sich gegenseitig die Ideen klauen.

Oder ist das alles vielleicht doch denkbar? Und liegt das daran, dass schon die Römer kriminell waren? Haben am Ende sogar einige der größten politischen Verbrecher der Geschichte die Idee ausgebrütet, die Weinstraße zu schaffen?

Kann das alles sein? Dieses Buch gibt in zwölf Krimierzählungen spannende Antworten.

Michael Bauer

Michael Bauer

SLEVOGTS TOD

Ein pfälzisches Dorf mit Namen Darkweiler. Auf der Landkarte sucht man es vergeblich. Aber wenn es existieren würde, dann läge es zwischen Landau und Neustadt. Genau in diesem imaginären Dorf in einer existierenden Landschaft sitzt ein Herr von fünfundsechzig Jahren in einem kleinen Eiscafé und blättert im Reiseführer mit dem Titel „Deutsche Weinstraße". Genießerisch lehnt sich der Mann im Bistro-Korbsessel zurück. Sein Blick streift die frisch geweißten Fachwerkhäuser. Ein goldenes Schild mit einem Römerkelch. Und wieder Fachwerk.

Da wird Herr Hegele – das ist der Name des bisher so ausgeglichenen Touristen – jäh aus seiner beschaulichen Freude gerissen. Eine männliche Gestalt, rotgesichtig, weißbärtig und mit wirrem Haar, steht plötzlich in der Tür eines Weinlokals auf der anderen Seite der Straße. Hegele ist es, als blicke der Mann zu ihm herüber, hilfesuchend. Kaum, dass der ärmlich gekleidete Mann mit schwankendem Schritt versucht hat, ins Freie zu treten, ist er jämmerlich und leblos vornüber auf das Pflaster des schmalen Bürgersteigs gefallen. Praktisch gleichzeitig fällt dem Herrn Hegele der Reiseführer aus der Hand, vor ihn auf den Bistrotisch, katapultiert den Cappuccino-Löffel aus der Tasse und einige Tropfen des heißen Getränks auf seine neuen Jeans. Während auf dem Rücken des Mannes dort drüben Blut sichtbar wird, das schon sein Hemd durchtränkt hat und nun auf dem Pflaster des Trottoirs ein kleines Rinnsal bildet. Gelähmt und neugierig-entsetzt blickt alles auf das schreckliche Geschehen. Hegele springt reflexartig auf, drückt der Bedienung reichlich Geld in die Hand. Er will das nicht sehen. Schnell weg, nur weg.

Mit eiligen Schritten geht er die Straße entlang, entfernt sich von dem Menschenauflauf, der schlagartig entsteht. Ein Fluchtreflex. Er nimmt die Wirklichkeit des sonnigen Tages plötzlich nur noch schemenhaft wahr.

Welch ein Schock gleich am ersten Tag seines Urlaubs! Dabei hat der frisch pensionierte Studienrat aus Plochingen als passionierter Krimileser durchaus Sinn für blutige Ereignisse. In jüngster Zeit ist er mit seiner Frau mehrmals nach Venedig gefahren. Und das nicht zuletzt, weil ihn die Schauplätze interessiert haben, an denen die Kriminalromane von Donna Leon spielen.

Hier, am Rande seiner deutschen Heimat, ist er, der gebürtige Schwabe, noch nie gewesen: Dieses ihm als paradiesisch geschilderte Fleckchen Erde kennenzulernen, war jahrelang sein innig gehegter Wunsch. Als Lehrer im Ruhestand hat er den Steckbrief der Landschaft aber ziemlich genau im Kopf. Er hätte die Fakten auswendig herunterschnurren können: „Die Weinstraße entlang der Haardt. Länge und Lage: 85 Kilometer. Von Bockenheim bis Schweigen zieht sie sich auf einem hügeligen Relief der Vorderpfalz durch das größte geschlossene Weinbaugebiet Deutschlands. Im Osten von der Rheinebene begrenzt, hat sie nördlich von Grünstadt Anteil am rheinhessischen

Tafel- und Hügelland, verläuft südlich davon bis zum Queichtal …"

Er hatte sich sehr auf einen Besuch in dieser gemütlichen Weingegend gefreut – ebenso wie seine Frau auf eine Solo-Wellnesswoche in einem Hotel bei Karlsruhe. Und jetzt hatte das Ehepaar Hegele Nägel mit Köpfen gemacht. Sie hat vor ein paar Stunden im Hotel eingecheckt. Er hatte sich beschauliche Tage an der Weinstraße vorgestellt – und irrt nun verschreckt und verwirrt diese Straße in Darkweiler entlang.

Die Fachwerkstrukturen der Häuser kommen ihm jetzt schroff und heftig vor. Die Goldfarben der Schilder an den Schänken aufdringlich und hochstaplerisch. Zwischen den Häusern lange Rebzeilen, grellgrüne Hänge. Ein Mord? War hier ein Mord passiert? Er denkt an Kommissar Brunetti, wie er mitten im lieblichen Venedig, zwischen San Marco und der Frari-Kirche, nach einem Espresso hastig seinen Mantel greift und zu einem Tatort eilt. Hegele überlegt. Er kann sich innerlich dem nicht entziehen, was er gerade gesehen hat. Er macht kehrt.

Schnell ist er wieder am Ort des Geschehens. Ist das eine Inszenierung, eine Art Krimi-Event, ausgedacht von örtlichen Laiendarstellern und Weinvermarktern? Aber dieser Gedanke vergeht ihm, als er den Rettungswagen mit der phosphoreszierenden Aufschrift „Notarzt" erkennt. Das Blut-Rinnsal auf dem Pflaster ist größer geworden. Es versickert in den Ritzen des Bürgersteigs. Hegele muss würgen. Da sieht er neben sich eine junge Frau wanken. Geistesgegenwärtig greift er nach der Person und fängt sie auf.

„Soll ich dem Arzt Bescheid sagen?“, fragt er sie.

„Nein danke, es geht schon wieder. Es war nur … das Blut …“

„Ich habe ihn aus der Tür der Weinstube herausstürzen sehen. Ich saß da drüben im Eiscafé. Er hat mir direkt in die Augen geschaut.“

„Ja, er hat sich bei der Literarischen Weinstunde herumgetrieben. Erst war er im Hof verschwunden und hat sich dann durch die Schankstube auf die Straße geschleppt.“

„Als ob seine Augen mir etwas erzählen wollten … Als ob er eine letzte Aussage zu machen hätte … Kann man so etwas in den Augen eines Menschen sehen? Im Bruchteil einer Sekunde?“

Hegele schaut jetzt erst die junge Frau an, mit der er gerade spricht. Sie ist bei seinen letzten Worten kurz zusammengezuckt. Blondes, glattes Haar. Ein ebenmäßig geschnittenes Gesicht. Darin eine frech hervorstehende Nase. Schwarze Augen. Oder sind sie tief dunkelblau? Dezentes Nasenflügel-Piercing. In der Hand hält sie eine Mappe, auf der in großer, noch etwas kindlicher Schrift der Name *Anja Möckler* steht.

Als hätte sie Angst, man würde sich zu nahe kommen, sagt sie kurz: „Ich danke Ihnen nochmals für die Hilfe …“ – und verschwindet im Gewühl.

Von der nahen Dorfkirche ist jetzt das Sechs-Uhr-Läuten zu hören. Diese Literarische Weinstunde, deren Ankündigung er gelesen hatte, wäre normalerweise jetzt gerade zu Ende. Wie ferngesteuert geht Hegele auf die Tür der Weinstube zu. Als habe ihn auf einmal eine Art Kommissars-Krankheit befallen, ein Ermittlungszwang.

Hinter sich hört er aus anonymen Mündern ein paar Wortfetzen, die seinen Verdacht bestätigen: Der Mann sei tot, das habe der Arzt gerade festgestellt … Man wisse noch nicht genau, ob die Verletzung im Rücken oder die am Kopf die Ursache sei … Es handele sich um einen gerichtsnotorischen Alkoholiker …

„Er ist in eine Rebschere gefallen!"

„Wie es aussieht, ist es eine Verletzung am Hinterkopf."

„Eine Wunde am Rücken … doch, wenn ich's dir sage, eine Wunde am Rücken."

„Ja, tot! … Ein ortsbekannter Säufer."

„Nicht sein erster Unfall."

Hegele gruselt es, als er die Weinstube „Fassgeister" betritt. Sofort fallen ihm massive, mit kleinen Schnitzereien verzierte Holzstühle ins Auge, die vor einer halben Stunde sicher noch in Reih' und Glied gestanden haben; jetzt sind sie kreuz und quer verrückt, zum Teil umgefallen. Die Kneipe ist offensichtlich menschenleer. Hat es hier einen Aufruhr gegeben? Durch die Butzenscheiben scheint die Sonne auf altes Pferdezaumzeug, Teile von alten Weinpressen. An den Wänden hängen vergilbte Schwarz-Weiß-Fotos mit Weinbergen, Winzern, Pferden. Und ein Gemälde, das sich Hegele unter anderen Voraussetzungen ausführlicher angeschaut hätte. Eine weite Reblandschaft, pointillistisch hingetupft, in der Ferne drei Burgen auf drei Bergen. Das könnte von Slevogt sein, denkt Hegele … Zwischen vielen Urkunden und Regalen mit Medaillen und Pokalen – alle ausgestellt auf den Namen „Seelenmüller" – ein Foto, das einen Herrn mit ehrwürdigem weißen Haarschopf zeigt. Er befindet sich im Kreis gesetzter Männer in schwarzen Anzügen, die allesamt Römerkelche in die Höhe halten. *In vite vita*, steht in gestochener Handschrift auf dem Foto. Und darunter ein Nachname, nicht leserlich. Hegeles Blick fällt auf einen Stapel ungeordneter Papiere, die auf einem kleinen Tisch liegen. Das musste der Tisch sein, an dem der Vortragende bei seiner Lesung gesessen hatte.

Hegele nimmt eines der Blätter an sich und liest ein paar Zeilen:

Im Wein
ist Geist aus Väter Landen.
Im Wein
sind Wahrheit, Leben, Tod.
Im Wein
sind Nacht und Morgenrot.

Hegele schaut sich verstohlen um, ob außer ihm wirklich niemand im Raum ist. Faltet die Blätter zusammen und lässt sie in der Gesäßtasche seiner Hose verschwinden.

Da sieht er auf dem Vortragstisch ein weiteres Blatt. Offenbar eine Anwesenheitsliste. Vermutlich die Besucher der Lesung … Telefonnummern … E-Mail Adressen … Hier: *Anja Möckler*! Der Name der jungen Frau mit dem Piercing!

Hegele hat die großen, braunen, wachsamen Augen Brunettis vor sich. Wie in Trance steckt er die Liste mit den Adressen zu den Manuskriptblättern. Noch einmal blickt er sich um. Und bemerkt auf den Holzdielen am Boden eine Linie von kleinen und kleinsten, noch glänzenden Blutstropfen. Sie führt in den hinteren Teil des Lokals. Soll er ihr nachgehen? Nein. Ihn fröstelt. Am

Ende lauert da hinten immer noch eine Gefahr. Er will jetzt ins Freie. Er verlässt die Weinstube „Fassgeister". Nur fünf Minuten ist er drinnen gewesen. Es kommt ihm vor wie eine Ewigkeit. Niemand hat ihn bemerkt. Oder?

„Diese Augen …", murmelt er. „Diese unerzählte Geschichte in seinen Augen. Ich muss rauskriegen, was für eine Geschichte das ist …"

Am Abend. Hegele sitzt auf der Veranda der kleinen Pension, in der er wohnt. Vor ihm auf dem Tisch liegen die Texte der Literarischen Weinstunde. Und die Anwesenheitsliste. Er nimmt den Text, ein Blatt nach dem anderen in Augenschein. Bleibt bei einem Reim hängen:

Sankt Martin, frommen Namens Spiel,
pflegst du des Weins auf Berg und Bühl.
Schenkst du ihn deinen Gästen ein,
muss es ein trinkbar Volkslied sein!

Und nickt ein. Fährt wieder hoch. Macht sich auf zu einem kleinen Spaziergang durch die Rebzeilen. Er telefoniert mit seiner Frau, die einen erholsamen Tag im Wellnesshotel hinter sich hat. Stockend erzählt er den Hergang des Ereignisses, das ihn ganz und gar ausfüllt. Die Sache mit den Augen erwähnt er nicht. Er vermeidet auch das Wort „Mord".

„Ich glaube, ich muss aufpassen, dass ich mich da nicht in etwas verrenne …", sagt er.

Und seine Frau: „Sieh zu, dass du auf andere Gedanken kommst. Warst du schon in Maikammer? Du solltest mal auf die Kalmit hochwandern. Das wär' gut für deinen

Bauch … und nimm deine Medikamente. Und lass dich in nichts reinziehen, hörst du?“

„Jaja! Neenee, mach ich schon nicht, Schatz!“

„Versprochen?“

„Ja, versprochen!“

Hegele legt sich in das Gästebett. Ungewaschen. Schläft einen dünnen Schlaf. Die Augen dieses ihm eigentlich völlig fremden Mannes verfolgen ihn durch wirre, gewaltsame Träume …

Am anderen Morgen in der Zeitung am Frühstückstisch:

> Aus dem Polizeibericht. Tragischer Todesfall in Darkweiler. Im Hof der Weinstube „Fassgeister“ stürzte ein Gast der Weinstube offenbar so unglücklich auf den Hinterkopf, dass er gleich darauf außerhalb des Hausgeländes verstarb. Bei dem Toten handelt es sich um einen 73-jährigen alleinstehenden pensionierten Pfarrer. Fremdeinwirkung wird von der Polizei ausgeschlossen.

Keine Namensangabe. Von der Literarischen Weinstunde ist keine Rede. Nun ja, wen interessiert das auch? Und die Touristen schreckt das doch nur ab. Na, bitte: ein Unfall! Bemühe dich nicht, du Möchtegern-Kommissar!

Hegele bemüht sich dagegen, genussvoll zu frühstücken, reißt die Meldung aus der Zeitung heraus und steckt das Papier zusammengefaltet in die Tasche; dabei gerät ihm die Anwesenheitsliste aus den „Fassgeistern“ wieder zwischen die Finger. Er legt sie vor sich auf den Tisch und streicht sie glatt, während er sich Kaffee nachschenkt. Sein

Blick fällt auf einzelne Namen, die zum Teil sehr undeutlich geschrieben sind.

Adelheid Schäfer. Beruf: Weinkönigin

Weinkönigin? Hegele hat das Bild der jungen blonden Frau vor Augen, als er die Telefonnummer wählt …

Eine Stunde später: Hegele im Flur eines Altenheims. Aufgereiht und der durch sauber geputzte Fensterscheiben scheinenden Sonne zugewandt, sitzen regungslos die Alten. Ein süßlicher Geruch nach Tee und Unsäglichem liegt in der Luft. Ja, hat die Verwaltungsangestellte am Eingang gesagt, die neunzigjährige Adelheid Schäfer wolle ihn sehen. Sie sei sogar ganz erpicht darauf, Besuch zu bekommen. Er wird in das Raucherzimmer geführt, in dem ein altes Sofa vor einem gewaltigen, altmodischen Fernsehapparat steht. Das Zimmer ist leer, der Fernseher eingeschaltet. Ein Regionalsender mit einem Logo, das er nicht kennt. Es läuft gerade eine Diskussionsrunde, moderiert von einem steifen Herrn mit eisgrauem Bart. Das Ganze wirkt lieblos und passt genau zu dem Raum, in dem die Sendung ohne Zuschauer läuft. Er wendet sich vom Fernseher ab. Öffnet die Tür zu einer kleinen Waschbeton-Terrasse, auf der ein riesiger Eternit-Aschenbecher steht, übervoll mit Zigarettenkippen.

Aus dem Hintergrund plötzlich ein Krähen:

„Ich würd' alles wieder so mache'. Ich würd' alles wieder so mache' …"

„So, da isse, unsere Weinkönigin. Unser' Königin im Rollstuhl. Viel Spaß zusammen!" Die Pflegeschwester schiebt Adelheid Schäfer in einem Rollstuhl herein, platziert sie direkt vor Hegele und ist blitzartig wieder im unendlichen Altenheimflur verschwunden.

„Gestatten, Hegele!“, stammelt er.

Die alte Dame schaut ihn nicht an. Sie hat ein zerfingertes Fotoalbum vor sich ausgebreitet und starrt zunächst teilnahmslos hinein. So, als sei er gar nicht da. Er spricht sie auch nicht an, sondern nutzt die Gelegenheit, um sie zu mustern: Adelheid Schäfer wirkt noch relativ mobil. Das weiße Haar ist nach oben zu einem frechen Dutt zusammengefasst. Er bemerkt, dass das Album nur zum Teil mit Fotos gefüllt ist. Viele Bilder sind entfernt worden, wie es scheint, an manchen Stellen hastig. Darauf lassen die Reste von Klebstoff und die kleinen Bilderfetzen schließen.

„E' Zigarett!“, sagt die Alte plötzlich befehlend. Es klingt verwöhnt. Hegele lässt sich seine Irritation nicht anmerken.

„Aber natürlich, entschuldigen Sie!“

Hegele nimmt eine Zigarette aus der Schachtel, die, wie er jetzt bemerkt, die Schwester auf den Tisch des Raucherzimmers gelegt hat. Er steckt sie der Alten zwischen die Lippen und gibt Feuer. Kein Dank aus ihrem Mund. Nach einer Weile fragt er:

„Sind Sie das auf den Bildern?“

„Ich bin die erste Weinkönigin. Ich war überall. Botschafterin des Weines. Überall war ich. Ostpreußen. Bis nach Königsberg sind wir gekomme'. Königsberg …“

Hegele tritt hinter den Rollstuhl. So, dass er Einblick in das aufgeblätterte Album hat. Aus den Augenwinkeln sieht er, wie auf dem Fernsehbildschirm hinter ihm gerade drei Weinhoheiten durchs Bild gehen und von dem eisigen Moderator gemustert werden.

„Und wer ist der Herr hier auf diesem Foto, in dem offenen Wagen vor Ihnen?“

„Der Herr Gauleiter Bürckel. Ich hab’ ihm den Ehrentrunk gereicht. 1936. In Neustadt. Den Ehrentrunk. Ein einfacher, netter Mann. Heut’ wird das alles ganz anders dargestellt. Ja, ja, heut’ wird das ganz anders dargestellt. Ganz anders.“

Hegele realisiert, dass die Dame ihn, den Besucher, nicht mit irgendeinem Ereignis in Verbindung bringt. Sie braucht einfach Publikum. Er überlegt kurz, zieht den Presseausschnitt mit der Todesmeldung aus der Tasche und hält ihn ihr vor die Augen. Sie erfasst sofort den Zusammenhang.

„Dieser Nichtsnutz! Ich würd’ alles wieder so mache’! Ich würd’ alles wieder so mache’. Bis zu meinem 83. Lebensjahr bin ich mit dem Moped in den Wingert gefahren. Sieben Goldende Kammerpreismünzen jedes Jahr … Wein ist ein völkisches Getränk, wie man damals gesagt hat. Reiner Wein ist deutscher Wein. Naja, so hieß es damals. Wir waren jung … Das darf man ja heut’ nicht mehr … laut sagen. Ich würd’ alles wieder so mache’. So einen wie den hätt’ man damals …“

Die Rede der betagten Weinkönigin geht in einem Hustenanfall unter. Sie verschwindet grußlos, hinausgeschoben von der herbeigeeilten Schwester.

Hegele verlässt mit schwerem Schritt das Heim. Der Geruch von Exkrementen und Sagrotan hängt ihm noch lange in der Nase.

„Ich bin verrückt!“, brummt er, als er am dritten Tag seiner Pfalzreise aufwacht und sein Blick durch das Fenster der beschaulichen Pension in das helle Sonnenlicht des Frühlings fällt. Das Haus steht am Rande eines kleinen Weinbergs, in dem die Lage „Gottsteiner Mandelsäckel“ wächst. Im Spiegel des Badezimmers fällt ihm auf, dass er sich gestern nicht rasiert hat. Zum ersten Mal seit Jahren nicht rasiert. Er zögert kurz. Und unterlässt es auch heute.

„Ich bin verrückt. Auf meine alten Tage jage ich der Lösung eines Mordfalles nach, der wahrscheinlich gar keiner ist. Und werde nicht einmal dafür bezahlt. Und lasse diese herrliche Landschaft links liegen. Oder mache mir diese wunderbare Weinstraße zu dem, was Venedig für Brunetti ist. Und das alles, weil mir die Augen dieses Kerls, den ich überhaupt nicht kenne, nicht aus dem Kopf gehen …“

Für heute verordnet sich Hegele Sightseeing. Er fährt hinauf zur Villa Ludwigshöhe. Schlendert um die gelbliche Fassade herum. Betrachtet die klassizistischen Säulenreihen. Makellos stehen sie da, der Rheinebene zugewandt, und dem milden Licht des Morgens. Hegele kann sich nicht entschließen, in das Gebäude zu gehen. Nein, er löst kein Ticket für die Gemäldeausstellung, die sie drinnen gerade zeigen. Sie trägt den Titel „Fauler Lenz. Malereien zum süßen Nichtstun“. Dafür löst er ein Ticket an der Talstation der kleinen Sesselbahn. Fast geräuschlos bringt sie ihn hinauf zur Rietburg. Oben auf der bewirtschafteten Aussichtsterrasse nimmt er einen Cappuccino. Die Felder liegen braun und grün in der

Ebene. Dazwischen, rot hingewürfelt, die Dörfer. Er blickt über sie hinweg auf die fernen, kaum zu erahnenden Bergketten des Odenwaldes, des Schwarzwaldes. Sieht die Türme des Doms zu Speyer. Und die des Atomkraftwerks von Philippsburg. Hegele hat seinen kleinen, grün gestrichenen Gartenstuhl vom Tisch weg in Richtung des Ausblicks gedreht. Hat nicht bemerkt, dass eine zweite Person hinter ihm Platz genommen hat. Plötzlich fühlt er den dünnen Packen Papier in seiner Gesäßtasche. Die Anwesenheitsliste aus der Weinstube. Nach kurzem Zögern zieht er sie aus der Tasche. Er spürt den Impuls, sie in den sauber geleerten Papierkorb linker Hand zu werfen. Er zögert.

„Brunetti …“, sagt er zu sich, „Brunetti würde so ein Dokument niemals vernichten!“

Er beginnt, die Liste durchzuforsten. Sie hat ihn wieder im Griff, die Kommissarskrankheit. Er liest sich die Namen leise vor. Ist kurz davor, die Handynummer von Anja Möckler zu wählen. Zögert. Sie soll nicht meinen, dass er ihr etwa wegen ihrer Attraktivität nachstellt. Er geht die Liste der anderen Namen durch.

Hans-Joachim Kern. Mobiltelefon …

Kurz entschlossen, mit einem Gefühl von Anonymität und Sicherheit, gibt er die Nummer ein. Warum gerade diese, weiß er selbst nicht genau. Vielleicht, weil der Name „Kern“ so solide klingt? Er zögert einen Moment. Es ist wie ein Spiel. Er stellt die Verbindung her und hält das Handy ans Ohr. Überlegt eine Sekunde, ob er das Gespräch nicht doch schnell wegdrücken soll. Tut es nicht. Hört plötzlich hinter sich den Ton eines anderen

Handys. Mozart, die g-Moll-Symphonie, denkt Hegele, nichts ahnend. Hinter ihm eine sonore Stimme:

„Ja, Kern!"

Der Satz ertönt doppelt. Einmal direkt aus dem Mund des Mannes in Reichweite, einmal aus Hegeles Handy. Er hat den Mann, der hinter ihm sitzt, angerufen!

„Ach, Sie sind das!"

Hegele fährt herum. Der Zufall hat ihn wieder ins Geschehen hineingezogen. Jetzt gibt es kein Versteckspiel mehr. Kein Drumherumreden. Beide Männer legen ihre Handys weg, wie zwei Colts nach Vereinbarung eines Waffenstillstandes. Hegele räuspert sich. Sein bärtiges Gegenüber stutzt, wird rot, lachte verlegen. Hegele, ziemlich durcheinander, taxiert den Mann mit dem kurz geschnittenen weißen Haar und dem Dreitagebart und fährt sich dabei unwillkürlich übers Kinn.

„Mein Name ist Hegele. Ich glaube, ich bin Ihnen eine Erklärung schuldig … Ich war dieser Tage – unmittelbar nach diesem … Unglück – in der Weinstube ‚Fassgeister'. Und da ist mir die Anwesenheitsliste der Literarischen Weinstunde in die Hände gefallen. Irgendwie hat mich die Sache nicht losgelassen. Ich habe den Mann auf dem Straßenpflaster tot hinfallen sehen. Und wollte mehr erfahren. Und da hinter Ihrem Namen eine Handynummer steht, habe ich mir erlaubt …"

Kern scheint nach Luft zu schnappen. Schaut dann kurz auf die Uhr und sagt:

„Ich verstehe. Ich muss leider los. Fahren wir zusammen runter mit der Sesselbahn? Dabei können wir uns ein bisschen unterhalten …"

Ein paar Minuten später sitzt das Männer-Duo in einer Sesselbahn-Gondel und unterhält sich im ruhigen Ton. Nur unterbrochen vom gelegentlichen „Klack-Klack“, das zu hören ist, wenn die Gondel einen der Träger passiert.

„Kannten Sie den Toten?“, fragt Hegele.

„Ob ich den Toten kannte, mhm! Dio mio! Die Frage muss man sich ja auf der Zunge zergehen lassen. Das klingt, als wären Sie der Kommissar und ich … Ob ich den Toten kenne … Naja, Spaß beiseite, den kannte fast jeder hier. Ein Unglücksrabe. Selten nüchtern. In der Weinvorratsvernichtungsschlacht, die jeden Herbst hier an der Weinstraße geschlagen wird, hat er in seinen besten Zeiten per anno im Alleingang einen ganzen Frontabschnitt vernichtet – würde ich mal etwas martialisch sagen. Er stammt aus Darkweiler. War früher mal Pfarrer. Die Kirchenbehörde hat ihn in der ganzen Pfalz herum versetzt. Dann suspendiert. Er hieß Max Sartorius. Aber wir haben alle ‚Slevogt‘ zu ihm gesagt.“

„Slevogt? Nach dem Maler, der hier gelebt und gemalt hat …?“

„Genau. Sie sind aber schon ganz schön ortskundig.“

„Wir haben ein Selbstbildnis von ihm zu Hause in Plochingen hängen. Ein Druck natürlich, kein Original. Gelb-Braun-Rot-Töne. Er mit Hut und Stehkragen. Wenn Sie das so sagen: Das Gesicht, die fleischige Nase, der Bart … Aber die Augen, die Augen, die hatten einen ganz anderen Ausdruck …

„Sie waren bei der Literarischen Weinstunde?“

„Nein, wie gesagt, ich kam erst kurz danach in die ‚Fassgeister‘. Und da lag die Anwesenheitsliste … Mein

Hobby sind Kriminalgeschichten. Ich bin Donna-Leon-Fan. Naja, wahrscheinlich steckt da ja gar kein Verbrechen dahinter. Aber es muss turbulent zugegangen sein."

„Ja, das stimmt!"

„Ziemliches Durcheinander. Stühle umgefallen, ein paar Weinpfützen auf den Tischen. Ja, und am Boden … eine feine Blutspur …"

Die Gondel der Sesselbahn ruckt. Die beiden erschrecken leicht. Und als ob in Hegeles bärtigem Gesprächspartner dadurch etwas in Gang gekommen wäre, fängt dieser auf einmal an, sehr flüssig und aufgeräumt zu erzählen.

„Ich bin ja eigentlich nicht verpflichtet, Auskünfte zu erteilen. Aber Sie sind mir sympathisch. Also, warum nicht! Brunetti hat die Schiffsgondel mit einer Seilbahngondel vertauscht, haha … Ja, Italien hat viel gemein mit diesem Teil der Pfalz. Auch was das Mafiöse angeht, vielleicht. Zumindest hab' ich das früher so gesehen. Wissen Sie, die Achtziger, das waren so meine wilderen Jahre. Die Zeit der Friedensbewegung, Nato-Nachrüstung. Damals, als Reagan mit Kohl Händchen gehalten hat auf dem SS-Friedhof. Und da vorne das Hambacher Schloss – das kann man von hier aus nicht sehen – das haben die zwei auch okkupiert. Aber die meisten wollten das Himmelschreiende daran ja nicht bemerken."

„Und was hat das mit der Literarischen Weinstunde zu tun?"

„Ach, wissen Sie, in diesen ‚Weinstunden' wird eine Art von Literarästhetik reproduziert, die aus einer Zeit stammt, über die manche am liebsten den Mantel des

Schweigens decken. Die Schurken sind zwar zum großen Teil tot. Aber die Tradition fließt weiter wie ein vergifteter Fluss. Das will niemand sehen. Die Weinstraße, das ist doch hier in der Pfalz das Prachtstück. Da will doch keiner dran tippen. Wollte nie einer wissen, was da in den Dreißigern los war: eigentlich bis heute. Der Gauleiter Bürckel, der war hier beliebt. Populist. Eiskalter Antisemit. Und der hatte, nachdem er die jüdischen Weinhändler … nachdem die jüdischen Weinhändler …"

„Ja, ich verstehe …"

„Als die weg waren, gab's ein Vermarktungsproblem. Der Herr Gauleiter hatte dann die Idee mit der Weinstraße. Eine gute Vermarktungsidee, das muss man ihm lassen. Und er hat dazu noch ein riesiges verbales Friedenstheater abgezogen. Ja, so war das. Und jetzt kommen die Leute hierher und meinen, das hier sei eine geschichtslose Landschaft, ein Garten Eden, Arkadien … zeitlos. Lieblich, verstehen Sie. Das ist ein Widerspruch, da hat man dran zu schlucken."

Hegele muss an eine Brunetti-Story denken, in der es um italienische Faschisten mitten im lieblichen Venedig geht. Kern wird noch direkter.

„Ach, was soll ich drumherum reden? Ich bin eben ein Achtundsechziger. Das haben Sie sich sicher schon gedacht. Und so habe ich das Jubiläum 1985 auch erlebt. 50 Jahre Deutsche Weinstraße. Das ging durch alle Blätter. Bundesweit. Die haben hier einen Hype veranstaltet, als hätte es die Nazis nie gegeben: Massenweinprobe und so. Geschichtslosigkeit mit System. Ich hab' protestiert damals. Wir waren ein kleines Häuflein. Unser Aufhänger war die Forderung, die ‚Deutsche Weinstraße' in ‚Pfälzer Weinstraße' umzubenennen. Es gab Bombendrohungen. Ein Feuerwehrhauptmann wollte unseren Infostand einfach wegspritzen lassen."

„War der Ermorde… – äh, der Verunfallte, dieser sogenannte Slevogt, auch mit von der Partie bei den damaligen Protestaktionen?"

„Ja, er war dabei. Wir anderen hatten keinen engen Kontakt mit ihm, aber er hat immer mitgemacht. Er trank damals auch schon sehr viel. Er war aufsässig, misstrauisch. Eine Gruppe Jungwinzer hat ihn damals auf offener Straße verprügelt, nachdem er sie als Nazi-Knechte und Judenmörder beschimpft hatte, ohne sie überhaupt zu kennen."

Kern schwieg. Und wieder diese fast jungfräuliche Stille. Vogelgezwitscher. Die Gondel näherte sich der Talstation. Dort steigen die beiden flüchtigen Bekannten, von einem jungen Helfer assistiert, aus.

„Wollen wir nach Rhodt hinunter und ein paar Schritte gehen? Ich zeige Ihnen die Theresienstraße. Dort gibt es eine besonders lauschige Kneipe, wo man einen sehr guten Wein trinkt."

„Ja, warum nicht …", meint der nun immer neugieriger werdende Hegele. Und bald darauf flanieren sie über das Kopfsteinpflaster des Weindorfes.

Hegele räuspert sich:

„Darf ich noch mal insistieren: Wie haben Sie diese unheilvolle Literarische Weinstunde erlebt?"

„Wir Pfälzer sind Hitzköpfe. Man kennt sich und kennt die Schwachstellen. Plötzlich wurde wieder die

Diskussion von vor zwanzig Jahren geführt. Wie damals am Infostand. Es fielen dieselben Reizworte, sie haben genauso geschimpft und verbal auf mich eingedroschen wie damals: ‚Immer diese Nestbeschmutzer! Zieht endlich einen Schlussstrich! Die anderen haben auch Dreck am Stecken!' Und die Weinkönigin von 1936, eine unverwüstliche Alte, die ständig erzählt, dass sie damals in Neustadt dem Gauleiter den Ehrentrunk reichen durfte, die rief immer dazwischen: ‚Ich würd' es wieder mache'!'"

Hegele schmunzelt. Aber er sagt nichts von seinem Besuch im Altersheim und macht stattdessen eine Bemerkung, die Kern ermutigen soll, mit dem Erzählen fortzufahren:

„Ja, ja, was nicht ausgeräumt und betrauert ist, kehrt wieder. Wie hat sich Slevogt denn verhalten?"

„Der Wirt hat den Slevogt während der Veranstaltung in den Hof wanken sehen, zu den Toiletten. Dieser Hof ist nicht öffentlich zugänglich. Da steht immer allerhand Winzergerät herum, ungesichert. Dort muss er ins Straucheln gekommen sein. Mit dem Hinterkopf ist er sehr unglücklich auf eine Winzerkarre gefallen. Gleichzeitig hat ein herumliegender Rechen ihm die Fleischwunde am Rücken beigebracht. Das muss zu dem Zeitpunkt passiert sein, als wir in der Weinstube heftig am Diskutieren und am Gestikulieren waren. Sonst hätten wir den Schlag gehört, den das getan haben muss. Die Todesursache muss genau dieser Sturz gewesen sein, sagt der Wirt. Die Wunde, aus der er geblutet hat, war für sich genommen nicht tödlich ..."

„Das hieße, er ist nach dem Sturz noch aufgestanden und durch den gesamten Schankraum auf die Straße gelaufen?"

„Keine Ahnung, ich …"

Hegele unterbricht ihn. Er kommt in Rage: „Könnte es nicht sein, dass ihn im Stehen … von hinten … ein Gegenstand am Kopf getroffen hat? Wissen Sie, ich denke mir so: Der Slevogt könnte etwas gewusst haben, was jemandem unangenehm war …"

Die beiden sind inzwischen im Innenhof einer kleinen Weinstube angelangt: Über und über mit Reben bedeckt, dieses von Sandstein umfriedete Geviert, ein riesiger Kamelienbaum in der Mitte. Sie nehmen Platz an einem kleinen grünen Gartentisch mit rot-weiß gewürfeltem Tischtuch. Schnell sind zwei Viertel Wein bestellt.

„Da fällt mir ein, es waren auch ein paar Glatzen da!", sagt Kern unvermittelt.

„Skinheads? Wo?"

„In den ‚Fassgeistern', vorgestern. Ja, zwei, drei Kerle aus der rechten Pfälzer Szene … Normalerweise kommen zu solchen Anlässen ja nur ein paar Alte. Aber vorgestern waren ein paar Glatzen dabei. Und …"

„Und?"

„Und noch etwas fällt mir ein …"

„Wollen Sie es mir nicht sagen?"

Hegele kommt es so vor, als habe Kern mehr gesagt, als er wollte, und ärgere sich, es jetzt nicht zurücknehmen zu können. Hegele überlegt, wie die Situation zu entkrampfen ist. Brunetti, denkt er, würde seinem Gegenüber jetzt Zeit lassen, sich höflich zurückziehen, und noch einmal zu seinem Questore fahren mit dem Vaporetto. Und dann mal zu Hause vorbeischauen, ob seine Frau ihm eine Polenta mit Kalbsleber gekocht hat. Nicht unbedingt, weil er Hunger hat, sondern weil er bei seinem Informanten einen Denkprozess vermutet.

Dieser Kern ahnt vielleicht, dachte er, dass ich mich nicht abschütteln lasse. Und er vermutet, dass ich das, was er mir verschweigt, mit anderen Informationen auffülle, die ich mir anhand der Anwesenheitsliste besorgen kann. Und wahrscheinlich fürchtet er, am Ende als der Komplize potenzieller Totschläger dazustehen. Und da will lieber er es gewesen sein, der auspackt. Aber er braucht jetzt eine Verschnaufpause …

Und so versucht Hegele, die Unterhaltung in unverfängliche Bahnen zu lenken.

„Sind Sie eigentlich Freiberufler?“

„Ja, ich bin Teilhaber einer kleinen Firma. Wir handeln mit Internet-Rechten von TV-Comedy-Programmen. Und haben da zurzeit einen dicken Fisch an der Angel … *Mister Bean*!“

„Ich verstehe. Ich will Ihre Zeit auch nicht uferlos in Anspruch nehmen. Vielleicht fällt Ihnen ja irgendwann noch die eine oder andere Information über Slevogt ein.“

Kern seufzt.

„Ach, wissen Sie, Ich bin längst draußen aus der Protestbewegung. Oder vielmehr: Die Bewegung hat sich irgendwie verlaufen. Ich bin dann mehr ins Künstlerische gegangen, in den Event-Bereich, dann TV-Produktionen, Internet. Slevogt war sehr weit weg für mich. Er kam mir vor wie ein einsamer japanischer Dschungelkämpfer.

Aber was mir aufgefallen ist in den ‚Fassgeistern': Er saß erst ruhig da. Doch als dann der kleine Tumult losging, da … da ist er plötzlich aufgesprungen. Und hat einen Frauennamen gerufen: „Anna". Ein paarmal. Sehr erregt. Es muss eine starke Erinnerung gewesen sein, die in ihm hochkam. Aber wer denkt in so einem Augenblick daran, dass man ihn wenig später nichts mehr fragen kann, auch wenn man wollte …Ich glaube, mehr kann ich im Moment nicht für Sie tun."

Kern schaut auf die Uhr.

„Wir können uns ja in den nächsten Tagen noch einmal treffen. Wie stark ich beschäftigt bin, hängt von einem Termin ab, der heute Abend ansteht …"

„Die Rechte an Mister Bean?"

Kern grinst.

„So in etwa. Rufen Sie mich doch einfach noch einmal auf dem Handy an. Ach, und übrigens: Diese Anwesenheitsliste – gehört vielleicht doch eher in die Hände der Polizei, meinen Sie nicht?"

Hegele nickt, halb schuldbewusst.

Kern verschwindet, nachdem er die Rechnung übernommen hat. Und lässt den Brunetti-Verschnitt Hegele in dem kleinen Garten vor der Weinstube alleine zurück. Die Sonne steht im Zenit. Das ist die Stunde des Gottes Pan, denkt Hegele. Pan, den sie in ihren Weingedichten hier immer wieder durch die Weinberge hüpfen lassen. Hegele fährt zurück in seine Pension. Das Glas Wein hat ihn müde gemacht. Er geht auf sein Zimmer und schläft sofort ein. Es ist die Erschöpfung. Das Grübeln.

Das letzte Bild vor dem Einschlafen: Slevogts Augen …

Der folgende Morgen. Trotz unruhiger Träume sitzt Hegele relativ fröhlich im Frühstückszimmer der kleinen Pension, als ihm die Pensionswirtin entgegenkommt.

„E Kischtel Woi fer Sie hot heit Morsche vor de Deer geschtanne. Do isses!"

„Für mich?"

„Un des Briefel do hot druff geleche!"

„Danke. Vielen Dank. Wer kommt denn auf die Idee?"

Hegele stellt sofort fest, dass die Weinflaschen keine Etiketten haben. Er öffnet hastig den Brief und sieht zusammengestückelte Buchstaben, die offenbar aus einer Zeitung ausgeschnitten und mühsam aufgeklebt worden sind.

EIN GUTER RAT: GENIESSEN SIE DEN PFÄLZER WEIN UND LASSEN SIE DIE FINGER VON DER SACHE

Unter dem Geschreibsel ein ausgeixter Davidstern.

Hegele schleppt die Kiste in sein Zimmer. Setzt sich stumm auf sein Bett. Bleibt eine ganze Weile sitzen. Regungslos. Kern? Steckt Kern dahinter? Oder … hat mich in den ‚Fassgeistern' doch jemand beobachtet?

Er steht auf. Geht ins Bad. Schaut in den Spiegel. Der Bart. Das wirre Haar. Ein ganz anderer Mensch als noch vor drei Tagen. Er kommt sich blass vor. Lässt sich kaltes Wasser über die Handgelenke laufen. Trocknet sich die Hände ab. Ganz langsam.

Nach dem Frühstück kurvt Hegele mit seinem Auto zunächst ziellos durch die Dörfer. Als wolle er jemanden abschütteln. Landet irgendwann auf der Autobahn und dann in der Innenstadt von Neustadt. Mitten im Zentrum parkt er, in einem finsteren Parkhaus. Beeilt sich, aus dem trüben Licht der Garage schnell ans Tageslicht zu kommen. Steht mit einem Mal vor einem Brunnen mit wunderlichen Bronzefiguren, hühnerartigen Fabelwesen, die aus Mündern, Schnäbeln und Brüsten das Brunnenwasser in alle Himmelsrichtungen spritzen. Direkt neben dem Brunnen eine helle, einladende Buchhandlung. Hegele betritt sie. Stöbert in der Ecke mit regionalen Veröffentlichungen. Ein Buch mit dem Titel „Jüdische Schicksale in der Pfalz“ fällt ihm auf. Er kauft es. Setzt sich in ein kleines Café in der Nähe. Blättert.

Die Juden in der napoleonischen Ära … Zum Interesse ländlicher Juden an höherer Schulbildung für ihre Kinder … Jüdisches Sprachgut in den pfälzischen und südhessischen Mundarten … Die Arisierung pfälzischer Weingüter … Von Anja Möckler …

Hegele stutzt: Anja Möckler …?

Die Anwesenheitsliste aus der Weinstube „Fassgeister“ ist schon ganz abgegriffen. Hegele wählt Anja Möcklers Handynummer.

Sie wundert sich, woher er ihren Namen weiß. Er erklärt stockend und umständlich, dass er ihn auf ihrer Kladde gelesen und dann auf der Liste …

Sie hat nicht viel Zeit. Vielleicht ein Viertelstündchen, im Anschluss an einen Termin. Oben auf dem Hambacher Schloss. Hegele beeilt sich.

Der Tag ist warm und diesig geworden. Hegele hat den Wagen auf dem schmalen Seitenstreifen geparkt, der sich die kleine Höhenstraße hochzieht. Ist die Stufen zur Plattform hinaufgekeucht. Steht jetzt – schwer atmend – da, angelehnt an den Fuß der steil aufragenden Außenmauer, dort, wo das Schlossgebäude aus der gepflasterten Berg-Plattform herauswächst.

Hegele sieht sich um. Eine Touristengruppe nimmt am Geländer Aufstellung, um sich fotografieren lassen. Da spricht ihn eine weibliche Stimme von der Seite an:

„Herr Hegele?"

„Ja, ja!"

„Anja Möckler!"

Hegele erkennt sie sofort wieder: Glattes, blondes Haar. Dunkle Augen. Das Nasenflügel-Piercing. Ja! Es ist die junge Frau, der er vor der Weinstube „Fassgeister", mitten im Gedränge um Slevogts Leiche, auf die Beine geholfen hat.

„Wollen wir drüben im Restaurant …?"

„Nöö, lieber nich'. Is' doch ein smartes Ambiente hier, oder? Außerdem gibt es keine Nebentische mit langen Ohren …"

„Stimmt!", antwortet Hegele. Auch, um diesen Anblick zu würdigen, lässt er seinen Blick kurz schweifen: Von den neoromanischen Ornamenten des Schlosstores bis über die Ebene, wo in dem bereits etwas gewitterträchtigen Wind ein Raubvogel um Stabilität kämpft.

„Ich bin echt im Druck. Was wollen Sie wissen?"

„Was hat die Weinstube ‚Fassgeister' mit der Geschichte des pfälzischen Judentums zu tun?"

„Na, das ist ja sehr direkt! Und wer sagt mir, dass Sie nicht von der falschen Fraktion sind?"

„Ich kann Ihnen nichts beweisen. Aber ich versichere Ihnen, dass ich hier in der Pfalz nirgends Aktien drin habe."

„Ich bin wie die Jungfrau zum Kind an dieses Thema geraten", beginnt Anja Möckler. „Außer brennendem Wissensdurst gibt es kein Motiv. Es lässt mich einfach nicht los …"

Stille. Ganz von ferne hörte man das Geräusch eines Düsenflugzeugs.

Anja Möckler fährt fort: „Ich glaub' Ihnen. Also gut, ein paar Sätze zu mir. Ich hab' Geschichte studiert. Magister gebaut. Tausend Bewerbungen. Absagen ohne Ende. Also hab' ich mit Zeitverträgen gearbeitet. Orts-Chroniken für Gemeinden mit Gründungsjubiläen geschrieben. Hier in der Pfalz und in der Eifel. Da kam schon Kohle rüber. Aber viele Herren Bürgermeister wollten natürlich bestimmen, was auf die Hochglanzseiten zwischen den schweinsledernen Buchdeckeln drauf soll. Aber hallo! Ich hab irgendwann hingeschmissen. Und angefangen, mich für das zu interessieren, was sie nicht drin haben wollten."

„Die Nazi-Zeit, Judenthematik …"

„Genau. Das Anwesen, in dem heute die Weinstube ‚Fassgeister' drin ist, hat einer jüdischen Weinhändler-Familie gehört. Ich glaube, er hieß Maier, Maier mit a-i."

„Und wem gehört es heute?"

Anja Möckler schweigt, öffnet ihre Aktentasche und holt einen Packen Unterlagen heraus. Sie dreht die Papiere ein paarmal in den Händen. Hegele sieht, wie das Nasenflügel-Piercing einen Moment flattert. Mit einer entschlossenen Geste hält sie dem verblüfften Hegele den Stapel hin:

„Sie können die Unterlagen haben."

Hegele zögert.

Anja beginnt, auf ihn einzureden.

„Ich selbst hab' keinen Bock mehr. Das war mir neulich klar, als der Slevogt tot auf dem Pflaster lag. Ich bin jung. Ich will noch was erreichen. Und ich bin zu ehrgeizig, um mich in solchen Grabenkämpfen aufzureiben, bei denen du letzten Endes bloß auf der Strecke bleibst."

„Das kann ich verstehen. Das ist ehrlich. Deshalb will ich auch ganz offen sein. Dieser Mensch, dieser Slevogt, hat mir kurz vor seinem Tod noch in die Augen gesehen. Es war, als würde er mich anflehen: Kümmere dich darum! Oder so …"

Hegele nimmt das Papierpaket an sich. Es ist schwer.

„Ich hab' ein schlechtes Gewissen!", sagt Anja leise. „Jemand muss sich kümmern, ja. Aber ich nicht mehr."

„Haben Sie Schwierigkeiten bekommen?"

„So kann man sagen."

„Drohungen?"

„Ja! Jemand hat meinem Freund, er ist Buchhändler, einen Stein ins Fenster seiner Buchhandlung geworfen. Ich muss Sie also warnen. Mit den Jungs aus der rechten Szene ist nicht zu spaßen, das ist die eine Sache. Aber ich hab' gleichzeitig auch das Gefühl, dass Sie der Richtige sein könnten. May be. Unabhängig. Und weit ab vom Schuss, sozusagen. Und deshalb auch nicht so gefährdet. Mist! Warum bin ich bloß in diesem Deutschland geboren? Und warum hab' ich auch noch in diesem ganzen

Sumpf von deutscher Geschichte herumgestochert? Was du ererbt von deinen Vätern hast, erwirb es, um es zu besitzen! Die Deutschen haben 1945 doch die Wüste geerbt!"

„Und Sie meinen, ich, ausgerechnet ich, ein schwäbischer Ex-Pauker, soll mich um diesen wüsten Fall kümmern? Ein Mann ohne Kompetenz, ein Dilettant?"

„Es reicht vielleicht schon, wenn diese Geschichte noch einen Mitwisser hat. Einen neutralen, abgeklärten. Sie können sich bestimmt alles aus diesen Unterlagen zusammenreimen. Ich muss los. Wenn Sie weitergekommen sind, können Sie mich ja mal anrufen."

Die junge Frau geht noch nicht. Sie steht immer noch an die Mauer des Hambacher Schlosses gelehnt. So als warte sie auf etwas. Der Schlosshof ist jetzt fast menschenleer. Die Kassenfrau, die für die Schlossbesichtigungen zuständig ist, kommt für einen Moment ins Freie, raucht hastig eine Zigarette und verschwindet wieder im alten Gemäuer.

„In Ordnung, ich mach's. Leben Sie wohl!", sagt Hegele.

Anja Möckler gibt ihm die Hand und geht zögernd. Dreht sich aber noch einmal um.

„Ach, noch etwas. Ich will wirklich nicht, dass Sie ins offene Messer laufen. Sehen Sie sich vor, was die Seelenmüllers angeht, die Besitzer der ‚Fassgeister'. Aber bitte keinen Generalverdacht gegen die hiesigen Winzer daraus ableiten. Die allermeisten sind liberal, innovativ, haben tolle, weltoffene Ideen. Jetzt überall ungebrochene Nazi-Traditionen zu vermuten, das wäre echt Quatsch.

Die Wirklichkeit hat viele Seiten. Man wird ihr mit schnell gestrickten Theorien nicht gerecht … Und noch was: Auch wenn einen keiner umlegt – das Thema zieht einen runter."

„Schon gut, ich glaube, ich verstehe Sie. Hier, meine Karte …"

„Danke, Herr Hegele!"

Anja springt – erleichtert im doppelten Sinne – die Schlosstreppe hinunter.

Jetzt hab' ich sogar noch eine Absolution erteilt, denkt Hegele. Die Seelenmüllers, mhm, die ‚Fassgeister'-Besitzer. Das wird schon so ein rechtes Nest sein. Seelenmüller! Ein sprechender Name. Den vergisst man nicht so schnell …

Hegele am selben Abend in einer kleinen Weinstube. Draußen tobt ein Gewitter. Vor ihm auf dem Tisch der ominöse Stapel Papier: Notizen, Fotokopien, Internetausdrucke. Später sieht man ihn in einem Speiserestaurant. Suppe löffelnd. Schnitzel schneidend. Kauend. Draußen hat es abgekühlt. Ein warmer, gleichmäßiger Regen fällt. Hegele liest. Spät in der Nacht brennt in seinem Pensionszimmer noch Licht. Er liest und schreibt.

Sein Bart wächst. Sein Haar ist noch wirrer geworden. Es ist eine kühle, nüchterne Nacht. Hegele hatte eigentlich vorgehabt, während seines Pfalz-Urlaubs von Mail und Facebook zu fasten. Aber in seiner Schlaflosigkeit klickt der dann doch in Youtube herum und stößt auf das Video eines zarten jungen Mannes. Er erinnert ihn mit seinen linkischen Gesten, seinem fragilen Körperbau und seiner sanften Stimme entfernt an einen hochintelligenten Klassenkameraden, der im Sportunterricht von der Kraftmeier-Fraktion stets gehänselt worden war. Der Mann versichert, dass er den Holocaust nie geleugnet habe. Aber was – so fragt er mit traurigen Augen in die Kamera – was hätte das deutsche Volk denn damals mit den Juden anfangen sollen? Es habe sie ja keiner gewollt. Und so habe sich der deutsche Volkskörper eben gewehrt. So ein Volkskörper sei ein Naturphänomen und stecke voller unschuldiger Urkraft. Eine Bestie, wenn man so wolle. Und irgendwann habe diese eben zugeschlagen. So instinktiv wie der weiße Tiger die Tatze gegen Roy erhoben habe. Es könne sein, dass ähnliche Arbeit wieder geleistet werden müsse. Das sei nicht seine Aufgabe. Aber sie sei vielleicht wieder notwendig hinsichtlich dieser Massen von völkischen Fremdkörpern, die unsere Nation überschwemmen.

Hegele hätte von einer solchen Botschaft eigentlich alarmiert sein müssen. Aber merkwürdigerweise schläft er nach Betrachten des Videos sofort ein.

Am anderen Tag steht Hegele – noch ziemlich müde – vor der Polizeiwache einer pfälzischen Kleinstadt. Er zögert. Betritt dann die Wache. Den jungen Polizisten, der ihm gegenübersteht, nimmt er kaum wahr. Der ist hoch aufgeschossen, blass. An seinem Kinn wächst ein feiner Flaum.

„Guten Tag. Ich möchte eine Aussage machen zum Fall Max Sartorius, genannt ‚Slevogt'."

„Der Fall Sartorius ist gerade abgeschlossen. Würden Sie sich mal ausweisen?"

Das klingt wie ein schüchterner Versuch des jungen Beamten, anzudeuten, welche Regularien in den Räumen der Polizeistation nun einmal gelten. Aber Hegele hat das Gefühl, ins Hintertreffen zu geraten. Er kramt seinen Ausweis heraus. Er ist gereizt.

„Aus Plochingen kommen Sie. Aha!"

„Ja, aus Plochingen."

Hegele hat die gesamten Unterlagen inzwischen säuberlich in einem Aktenordner abgelegt und packt diesen ruckartig auf den Tisch.

„Hier sind sehr interessante Unterlagen. Sartorius wusste zu viel. Deshalb musste er sterben."

„So, so, er wusste zu viel. Auf jeden Fall war das ein Unfall."

Hegele zuckt zusammen. Er ahnt, dass er zu forsch ist. Will einlenken, sagt aber:

„Sie nehmen mich nicht ernst!"

„Dieser Slevogt war unzurechnungsfähig!"

Hegele holt Luft und beginnt zu argumentieren: „In vielen Dingen ja. Sein Hirn war zerstört vom Wein. Eine unumkehrbare toxische Schädigung. Die Medizin sagt dazu ‚Korsakow-Syndrom'. Aber solche Menschen haben manchmal noch erstaunliche Ressourcen in Sachen Langzeitgedächtnis. Bei Slevogt ist die Erinnerung an seine Kinderfreundin Anna Maier nie erloschen. Das kleine, schwarzhaarige Mädchen, das ihm gegenüber in dem Gebäude der heutigen Weinstube wohnte, ist ihm sein Lebtag nicht aus dem Kopf gegangen. Deshalb war er den Besitzern der Weinstube ‚Fassgeister' ein Dorn im Auge. Ja, er hatte die Angewohnheit, jedem unaufgefordert die Geschichte der Anna Maier zu erzählen. Wie sie mit ihren Eltern nach Gurs verschleppt wurde und später in Auschwitz umkam. Wie der Großvater des heutigen Besitzers der ‚Fassgeister', ein Parteigenosse, das Anwesen der Maiers Neununddreißig für 'nen Appel und 'n Ei gekauft hat und nach dem Krieg die Weinstube darin eingerichtet hat. Wiedergutmachung: Fehlanzeige. Nie eine Entschädigung etwa an den Zweig der Familie Maier, der in New York lebt. Wenn das alles an eine größere Öffentlichkeit käme, kann sich das geschäftsschädigend auswirken. Da kann man schon was dagegen haben. Die Welt ist klein. Slevogt allein konnte da natürlich nichts ausrichten. Aber sein Wissen war für die ‚Fassgeister' wie eine Zeitbombe. Ist sowieso ein Wunder, dass das alles so lange unter der Decke gehalten werden konnte – finden Sie nicht?"

Der Polizist schüttelt den Kopf. „Die Faktenlage ist klar: Unfall."

„Sie sollten mir wirklich zuhören, dann werden Sie schon sehen, was in der schönen Pfalz so alles unter den Teppich gekehrt wird. Es gab einen Drohbrief gegen mich!"

„Ja, so etwas gibt es hie und da. Und übrigens nicht nur in der Pfalz. Ich war selbst mal als Personenschützer für einen Archivar abgestellt, der dies und das über jüdische …"

„Ich brauche keinen Personenschutz. Ich will, dass Sie sich mal mit diesen Unterlagen hier befassen. Geben Sie doch zu, dass Slevogts Tod längst überfällig war! Er hat ein paar Leuten doch viel zu lang gelebt. Vielleicht sogar einer ganzen Menge von Leuten. Er ist ihnen einfach zu langsam verstummt. Er war ein Zeitzeuge, dessen Tod sich zu lang dahinschleppte."

„Haben Sie Alkohol getrunken?"

„Slevogts Existenz war hier eine schwer erträgliche Provokation. Er passte nicht in das liebliche Weinstraßen-Flair. Hier werden Geschäfte gemacht mit Unbeschwertheit und Frohsinn. Und ausgerechnet bei dieser Literarischen Weinstunde fing er wieder an mit seinen hilflosen Rufen nach Anna Maier. Und da war dann im allgemeinen Tumult eine junge Glatze zur Stelle, ein Freund des Hauses Seelenmüller sozusagen, und hat ihm was über den Schädel gezogen ... Und eine Menge Menschen hatte diesem jungen Wilden vorher die Sicherheit gegeben, dass er irgendwie das Rechte tut. So war es. Garantiert!"

„Sie verrennen sich da. Es war ein Unfall. Der Mann ist auf eine Winzerschubkarre gefallen, im Hinterhof, beim Gang zur Toilette."

„Wer sagt Ihnen denn, dass nicht ..."

„Ein bisschen kann man auf den Sachverstand der Polizeiexperten schon vertrauen. Die tödliche Verletzung stammt von einer Winzerkarre. Es gab Lackreste an den Haaren. Eindeutig. Kein Mensch schlägt einem anderen eine ganze Winzerkarre auf den Kopf ... Glauben Sie mir, ich kenne den Fall gut. Ich habe lange mit den Kollegen von der Mordkommission gesprochen. Schon aus persönlichem Interesse. Weil ich mich fortbilden möchte. Wollen Sie trotzdem Anzeige gegen Unbekannt erstatten? Das können Sie natürlich ..."

„Freundliche, nette Gegend hier. Viel zu freundlich. Viel zu nett."

Hegele ahnt, dass er verloren hat. Ein Jungspund wie Anja Möckler war fast verzweifelt an der Aufgabe, hier Verschiedenes aufzudecken. Da würde er, der Oberstudienrat a. D. aus Plochingen, wohl erst recht scheitern.

Er spürt plötzlich eine resignierte Müdigkeit. Anzeige erstatten gegen Unbekannt? Heute Abend wird er seine Frau in Karlsruhe abholen und mit ihr nach Hause fahren. Aus den Augen, aus dem Sinn: Wieder zurück in die Heimat. Auf einmal erscheint ihm das – nach diesen aberwitzigen Tagen – wie ein verlockender Traum. Aber auf der anderen Seite: Er muss das jetzt noch nicht entscheiden.

„Sie werden sicher noch von mir hören", sagt er und bemüht sich, entschlossen zu klingen. „Ich muss mich kundig machen. Ein Spinner, wie Sie vielleicht denken, nein, ein Spinner bin ich nicht. Meine Theorie ist verdammt schlüssig. Wenn es ein Unfall war, dann war es aus der Sicht mancher ein sehr erwünschter Unfall. Ein Unfall, bei dem ein bisschen nachgeholfen wurde. Ein kleiner, wohl kalkulierter Schubser …? Menschen wie Slevogt haben keine Lobby. Oder eine sehr schlechte. Ich muss mir das noch überlegen mit der Anzeige. Entschuldigen Sie, wenn ich etwas heftig war. Ich habe in der Tat ein Glas Wein getrunken. Aber eins sage ich Ihnen: Wenn ich an dieser Sache dranbleibe, dann wird hier noch einiges mehr ans Licht kommen als der Tod des Herrn Sartorius alias Slevogt. Leben Sie wohl einstweilen! Ihr seid einfach alle zu nett hier in der Pfalz! Ach, darf ich wenigstens zum Abschied noch ihren Namen erfahren?"

„Mein Name ist Seelenmüller."

Als Frau Hegele am anderen Tag gut gelaunt und erholt vor das Wellnesshotel tritt, um ihren Mann zu begrüßen, ist sie irritiert …

„Wie siehst du denn aus?"

„Ich?"

„Fast wie Brunetti! Du solltest dich mal wieder rasieren! Und deine Augen …"

„Was ist mit meinen Augen?"

„Weiß nicht!"

Ein paar Wochen später. In Plochingen sitzt das Ehepaar Hegele beim Morgenkaffee. Herr Hegele ist frisch rasiert. Auf dem Frühstückstisch liegt die Post. Obenauf eine bunte Postkarte. Sie zeigt eine lachende junge Frau. Blond. Mit einem kleinen goldenen Krönchen im Haar.

Hegele liest laut:

Einen herzlichen Gruß von der neuen
Weinkönigin Anja Möckler.
P.S.:
Mister Bean ist zu Besuch in der Pfalz!
Er übernachtet in den „Fassgeistern"…

KURZE ANMERKUNGEN EINES HISTORIKERS

von Dr. Michael Martin

Wenn Historiker und Schriftsteller eine große Gemeinsamkeit haben, dann ist es die Möglichkeit, Rohmaterial zu konzentrieren oder im besten Sinne des Wortes zu verdichten. Wenn er seine Sache ernst nimmt, dann bedient sich der Historiker der Quellen. Er erfasst sie, beurteilt sie und wertet sie aus. Auch wenn er selten damit rechnen kann, mit seinen Forschungsergebnissen ein breites Publikum zu erreichen, darf er in dieser Kärrnerarbeit nicht nachlassen. Ein gewisses Sendungsbewusstsein muss er also schon mitbringen.

Ähnlich der Schriftsteller. Entspringt seine „Dichtung" nicht gänzlich seiner Fantasie, so stützt er sich ebenfalls auf Quellen, seien es mündliche oder schriftliche. Auch ihm obliegt es, zu werten und auszuwerten. Und auch er kann nicht mit dem Zuspruch breiter Massen rechnen.

Zu Begegnungen mit Historikern kann es kommen, wenn sich der Schriftsteller mit geschichtlichen Themen befasst. Es kann nicht nur, wie man heute sagt, zu „Schnittmengen" kommen, es sollte so sein. Zumal, wenn es sich um ein regionales Thema handelt und sich der Schriftsteller und Historiker nicht fremd sind.

Die oft aus gutem Grund viel belächelte Regional- und Lokalgeschichte hat inzwischen ihren verdienten Stellenwert gefunden. Sie unterscheidet sich jedoch allmählich immer mehr wohltuend von den früheren ortsgeschichtlichen Betrachtungen, die zumeist Wohlfühlgeschichte waren und in Lobeshymnen auf die kleine Welt zu Hause ausarteten. Diese Tendenz war und ist leider immer noch dann besonders spürbar, wenn es um die Darstellung der Jahre 1933 und folgende geht. Da sind oft genug schwarze Löcher in den Publikationen festzustellen, die ausgeschrieben sozusagen braune Flecken wären. Also lässt man das Thema. Zugegeben, die Verfasser von Ortschroniken (viel mehr als Chronik sind die meisten nicht) stammen ja zumeist von Ortsansässigen, und es wäre von ihnen zu viel verlangt, über Freunde und Bekannte im Ort und vor Ort Negatives zu schreiben. Umso mehr sollte es die Aufgabe von Schriftstellern sein, gerade diese dunklen Jahre mit einem Blick von außen verdichtet darzustellen.

„Die Wirklichkeit hat viele Seiten“, schreibt Michael Bauer zu Recht, und diese Einsicht ermöglicht eine Sicht auf die Geschichte, die ohne Vorverurteilung beschreibt und genügend Raum zum Reflektieren lässt.

Teresa Knoll

ALICE

Gelangweilt starrte Edgar auf die Monitore der Überwachungskameras. Er pustete seine Kaugummiblase auf, bis sie zerplatzte, und stopfte sich das klebrige Zeug zurück in den Mund. Seufzend legte er die Füße auf den Tisch und drehte sich so, dass er sowohl den Eingang als auch die flimmernden Schwarz-Weiß-Bilder im Blick hatte.

Es war Vorschrift, dass er alle zwei Minuten die sechs Monitore inspizieren musste, und wenn er nicht gewusst hätte, dass über ihm in der Ecke eine Kamera hing, die wiederum ihn überwachte, wäre ihm das egal gewesen. Wenn er seinen Job nicht verlieren wollte, musste er sich daran halten. Der langweiligste Job der Welt. Selbst die am Riesenrad hatten mehr zu tun. Wenigstens saß er im Trockenen und musste nichts weiter machen, als die Bildschirme im Auge zu behalten und ab und zu die Gondeln anhalten, wenn ein gehbehinderter Fahrgast einsteigen wollte.

Edgar kippelte auf seinem Stuhl, verschränkte die Arme hinter dem Kopf und blies eine weitere Blase. Nicht mal Musik hören durfte er, musste stundenlang das Gequietsche der absichtlich schlecht geölten Gondeln ertragen, die in endloser Reihe an ihm vorbeidefilierten. Stromverschwendung war das. Am Vormittag kam eh niemand, erst abends, wenn das dämmrige Licht draußen auf die Atmosphäre hier drinnen einstimmte. Aber wenn die Bahn anhielt, stoppte auch die Geräuschkulisse, die dem Besucher bereits im Eingangsbereich einen Schauder über den Rücken laufen ließ.

Edgar prüfte die Geschehnisse auf den Bildschirmen – nichts, wer hätte das gedacht? – und ließ seinen Blick weiter zur meterhohen Decke schweifen. Bei diesem kalten, halb gedämmten Licht wurde man automatisch depressiv. Seine Eltern hatten ihn gedrängt, sich auf der Kerwe um einen Job zu bewerben, es wäre die ideale Stelle für ihn, nicht zu anspruchsvoll – was auch immer das heißen sollte – und schnell mit dem Fahrrad erreichbar. Damit er mal unter Menschen kam und seine Wochenenden nicht daheim vor Fernseher oder Computer verplemperte.

Jetzt saß er also hier, allein, mit gleich sechs Monitoren vor sich und einem Licht, das ihn überlegen ließ, ob er sich vor eine der Gondeln schmeißen sollte. Das wäre zwar schmerzhaft gewesen, hätte ihn aber wahrscheinlich nichts als den Job gekostet. Also ließ er es. Er musste ja auch nur dieses Wochenende aushalten, dann hatte er endlich wieder frei.

Den Kaugummi unter der Zunge, warf er jedem der Röhrenfernseher ein irres Grinsen zu, als eine Familie oben aus dem Flur kam, vorneweg drei kleine Mädchen, die lachend voranstürmten und mitten auf der breiten Treppe zurückschreckten. Ob vor den schwarzen Gondeln oder vor ihm, konnte Edgar nicht sagen.

Die Geisterbahn „Haus der tausend Schreie" war einer halb verfallenen Villa aus dem viktorianischen Zeitalter nachempfunden. Innen wurde man durch einen langen

Flur gelotst, in dem bereits der erste Schocker wartete: Eine Frauenpuppe in einem zerfetzten Brautkleid, die sich heulend aus einer plötzlich aufklappenden Tür hängte. Der Flur mündete in eine breite Treppe, von der aus man Edgar und die Parade der Gondeln sehen konnte, die wie hohe schwarze Sessel geformt waren. Darin fuhr man an den verschiedenen Szenen vorbei, die so oder ähnlich in einem Viktorianischen Haus geschehen sein könnten, in dem nur Irre lebten. Die Mutter ertränkte ihr Kind im Badezuber, der Butler stieß den Hausherrn in den großen Kamin, und alles wurde übertönt von Schreien und wilder, verzerrter Musik. Die Soundeffekte wurden immer wieder überarbeitet, nur die Technik der Puppen war veraltet. Sie bewegten sich ruckartig und nicht besonders menschlich, weil die Bahn schon seit Jahren Teil der Kerwe war. Was heute, gut zwanzig Jahre später, als veraltet galt, hatte damals viel Aufsehen erregt.

Eines der Mädchen war gestolpert, begann zu weinen und wurde von der Mutter aufgehoben.

„Komm, wir fahren zusammen. Wir passen ja eh nicht alle in eine Gondel."

„Ich fahr' alleine!", krähte ein anderes Mädchen.

„Das ist doch unnötig, dann blockieren wir ja alles", meinte der Vater und versuchte, seine zwei Kleinen an der Hand zur nächsten Gondel zu ziehen. Die wehrten sich jedoch vehement.

„Es ist genug Platz für alle", sagte Edgar und hoffte, nicht allzu sarkastisch zu klingen.

„Siehst du?" Die mutige Tochter grinste ihren Vater frech an.

„Gut, aber wenn du später Angst kriegst, können wir nicht mehr tauschen. Dann musst du sitzen bleiben, bis die Fahrt zu Ende ist."

Sie sah etwas verunsichert aus, presste dann aber die Lippen zusammen und nickte.

„Ich will auch alleine fahren!"

Schließlich hatte man sich geeinigt; die Eltern saßen mit der Kleinsten in einer Gondel, die anderen beiden hatten jeweils eine eigene.

Die Kleine, die gleich zu Anfang hatte alleine fahren wollen, erreichte gerade den Teil, in der eine Teenager-Party außer Kontrolle geriet. Edgar lachte leise, als er sah, wie die ohnehin weit aufgerissenen Augen noch größer wurden. In dieser Szene war einer der Jugendlichen mit einem Messer auf seine Freunde losgegangen und hatte ihr Blut an sämtlichen Wänden und Möbeln des kleinen Areals verteilt, in dem ein riesengroßes Himmelbett fast die komplette Stellfläche einnahm. Seit Jahren beugte der Junge mit dem Spitzenkragen sich nun schon hinab zu dem letzten überlebenden Mädchen, das sich in Todesangst die Hände vor das Gesicht hielt. Seit Jahren bewegte er seinen Arm gleichmäßig auf und ab und erstach sie mit diesem überdimensionalen Messer. Über allem schwenkten grelle bunte Lichter hin und her und ließen sein festgefrorenes Grinsen noch irrer erscheinen. Die Leuchten waren erst vor Kurzem eingefügt worden; niemand schien sich an Disco-Beleuchtung im 19. Jahrhundert zu stören.

Edgar lachte wieder, als sich der kleine Fahrgast vor Angst ganz klein machte. Er beobachtete, wie sie zusammenzuckte und sich in eine Ecke der Gondel drängte. Die Beleuchtung war eine gute Idee gewesen, denn mit den unstet flackernden Schatten sorgte sie für die richtige, bizarre Stimmung. Edgar hatte die Fahrt selbst gemacht; er konnte sich kaum vorstellen, warum das Ganze auf die Kleine derart verstörend wirkte. Jetzt riss sie ihren Mund auf, als wollte sie schreien, aber es war nichts zu hören, weil die Kameras nur Bilder übertrugen. Ihr Vater machte beschwichtigende Gesten und rief etwas, dann erreichte auch seine Gondel den Abschnitt, und er erstarrte. Edgar richtete sich auf. Die Mutter schrie nun ebenfalls, die kleinen Mädchen fingen alle an zu heulen. Dann trat eine der Puppen vor das Bett und hielt sich geblendet die Hand vor die Augen.

Der Polizist stellte die üblichen Fragen: Wie heißt du, was machst du hier, wieso, seit wann. Er ging dabei routiniert und eilig vor, denn er musste ja noch mehr Personen befragen; die Eltern, die mit Hilfe einer Psychologin versuchten, ihre heulenden Töchter zu beruhigen, und das Mädchen.

Es war ein echtes Mädchen. Aber wann immer Edgar zu ihr hinüberschaute, lief ihm ein Schauder über den Rücken. Der Himmel hatte sich mit Wolken bezogen, dadurch wirkte ihr Gesicht unnatürlich blass. Außerdem hatte sie diese riesigen dunklen Augen – man konnte Edgar nicht verübeln, dass er vorhin sekundenlang auf das Kamerabild gestarrt hatte, bevor er den Knopf zum Anhalten der Bahn gedrückt hatte, weil sie tatsächlich aussah wie eine lebendig gewordene Puppe. Seine

Fahrgäste hatten derweil unentwegt weiter geschrien. Nur der Vater hatte sich aus dem Wagen gequetscht und war zu seiner Ältesten gerannt, um sie zu beruhigen, was ihm bis jetzt nicht gelungen war. Und über allem dieses hektisch flackernde Licht, Edgar hatte es immer noch vor Augen. Er fühlte sich gegenüber der Familie schuldig, obwohl er nichts dafürkonnte, dass das Mädchen sein Nickerchen ausgerechnet in der Geisterbahn gehalten hatte.

Es begann leise zu tröpfeln. Der Polizist klappte seinen Notizblock zu und sagte zu Edgars Vater: „Besser, wir gehen zurück aufs Revier. Da könnt ihr dann gleich nachschauen, wer die Kleine als vermisst gemeldet hat."

„Bezweifle ich ja, dass wir jetzt schon was haben. Es ist Samstag." Polizeiobermeister von Passeri stierte düster zwischen Kragen und Mütze hervor.

„Edgar, weißt du, wo der Betreiber der Bahn ist?"

„Keine Ahnung."

„Hast du keine Telefonnummer oder so was?"

Edgar schüttelte den Kopf. Sein Vater stöhnte. Natürlich, dem hohen Herrn Jaspar von Passeri wäre so etwas niemals passiert! Ohne jegliche Information über seinen Arbeitgeber dazustehen!

„Weißt du wenigstens seinen Namen?"

Edgar schob die Hände in die Hosentaschen. „Fetching, Letchin, Hetchig? Irgendwie so …"

Sein Vater schloss die Augen und rieb sich mit Daumen und Zeigefinger über die Augenbrauen. Diese Geste machte er nur, wenn er richtig genervt war. Und er machte sie oft. Edgar zuckte trotzig mit den Schultern. Ihm war das ziemlich egal. Dieser Wochenendjob war die Idee seiner Eltern gewesen; wie er allerdings seinen Vater kannte, würde der hinterher alles auf seine Frau schieben. Der hohe Herr von Passeri wusste schließlich, dass man seinem Sohn für so etwas nicht die Verantwortung überließ.

Auf dem Weg zum Polizeirevier in der Karl-Helfferich-Straße saß Edgar neben dem seltsamen Mädchen, das bisher noch kein Wort gesprochen hatte. Sie schaute nur aus dem Fenster. Edgar wagte nicht, sie zu betrachten. Man starrte nicht, das hatte er von klein auf gelernt. Aber er platzte fast vor Neugier. Vorhin, als sie alle aus dem Dunkel des Geisterhauses in den hellen Tag gestolpert waren, hatte er sie kurz angeschaut: Sie war etwa so alt wie er, trug eine wild gemusterte Hose und eine rosa Omajacke, die vorne von dunklen Flecken verunziert war, hatte kurze braune Haare und diese riesigen Augen. Ansonsten war nichts Auffälliges an ihr. Keine Anzeichen von Gewalteinwirkung, keine Merkmale von Misshandlung, so würde es später im Polizeibericht stehen. Edgar schüttelte unwillkürlich den Kopf. Er hatte nicht vor, Polizist zu werden, also warum merkte er sich diese Formulierungen?

Neidvoll dachte er an die junge Familie, die gehen durfte, nachdem der Polizist ihre Personalien aufgenommen hatte. Eine Befragung hätte wohl nichts ergeben, auch, weil die Mädchen nicht zu beruhigen waren. Das „Schönen Tag noch“ des Polizisten klang zynisch, und Edgar musste an sich halten, um nicht loszulachen.

War das der Schock? Er fühlte sich nicht geschockt, schließlich hatte er alles aus sicherer Entfernung auf seinen Monitoren angesehen. Ein anderes Gefühl war stärker, jetzt, nachdem die Ereignisse ihren Schrecken verloren hatten: Neugier. Wer war dieses Mädchen und was hatte sie dazu bewogen, in einer Geisterbahn zu schlafen? Ob sie verrückt war?

Vorerst erfuhr Edgar nichts. Er musste im Flur warten, während sein Vater und eine Polizistin sie verhörten. Als sich endlich die Tür öffnete, kam nur sein Vater heraus.

„Mitkommen", befahl er in militärisch knappem Ton. Wenn Edgar es nicht besser gewusst hätte, hätte er gedacht, dass sein Vater bei der Bundeswehr gewesen wäre. War er aber nicht. Die Polizeilaufbahn hatte seinen ohnehin sehr disziplinierten Charakter noch weiter ausgeschliffen. Ein Grund mehr für Edgar, niemals Polizist zu werden.

Jaspar delegierte seinen Sohn in sein Büro und zeigte auf das Telefon.

„Du wirst jetzt bei der Kerweleitung anrufen und nach der Nummer von dem Betreiber fragen. Wenn er es nicht schon erfahren hat, erklärst du ihm, was passiert ist und dass du nichts damit zu tun hast – sofern das der Wahrheit entspricht."

Edgar drehte sich empört um, aber sein Vater war schon verschwunden.

„Wie heißt denn diese Kerwe noch mal?"

Er hörte das altbekannte Aufstöhnen, das im Flur hohl widerhallte.

„Deutsches Weinlesefest!"

Beim Mittagessen erzählte Jaspar nur so viel, wie am nächsten Tag in der Zeitung stehen würde.

„Wo ist sie denn jetzt?“, fragte Vanessa, seine Frau.

„Vorerst wollten wir sie in der Nähe behalten, um ihr noch weitere Fragen zu stellen. Sie hat eine kongrade Amnesie, das heißt, dass sie sich an das gestern Erlebte und einiges aus ihrer Vergangenheit nicht mehr erinnert. Ihren Namen zum Beispiel. Aber es ist möglich, dass ihr Gedächtnis demnächst zurückkehrt, und natürlich rechnen wir auch damit, dass sie bald als vermisst gemeldet wird. Dann wird sich einiges aufklären. Wenn bis übermorgen keine Anzeige eingeht, muss sie wohl in ein Heim, aber so lange haben wir es ihr in einer der Zellen gemütlich gemacht.“

„Gemütlich?“ Vanessa warf ihre Gabel hin. „Seid ihr denn bescheuert? Du wirst jetzt sofort aufs Revier fahren und sie herholen!“

Eine Eigenschaft Jaspars war seine Durchsetzungsfähigkeit, weswegen er sich sehr gut als Polizeiobermeister eignete. Das galt allerdings nur für die Arbeit. Zwanzig Minuten später war er wieder zurück, im Schlepptau das stille Mädchen in seiner abgewetzten rosa Jacke.

Edgar stand etwas betreten dabei, aber seine Mutter wusste wie immer, was sie zu sagen hatte.

„Ich bin Vanessa. Armes Ding, wollten dich in einer Arrestzelle einsperren! Jaspar hat erzählt, dass du deinen Namen nicht mehr weißt. Willst du dir nicht selbst einen Namen geben, damit wir dich rufen können?“

Sofort hellte sich das blasse Gesicht auf. „Alice.“

„Alice? So wie Alice im Wunderland?“

Das Mädchen nickte und lächelte schüchtern.

„Ich wollte immer so sein wie sie.“

„Oh ja, ins Wunderland wollte ich auch schon immer mal. Komm, wir schauen, ob wir irgendwo Zeug zum Wechseln für dich finden."

Vanessa schob sie vor sich die Treppe hinauf. Jaspar folgte ihnen mit Blicken, schweifte dann zu Edgar, hob die Schultern und verzog sich in sein Arbeitszimmer.

Ob er Ärger bekommen würde? Auf jeden Fall hatte Edgar jetzt die Möglichkeit, etwas mehr über das Mädchen – Alice – zu erfahren. Für heute würde er sie allerdings in Ruhe lassen.

Am nächsten Morgen wurde Edgar daran erinnert, warum er sich nie eine Schwester gewünscht hatte: Sie brauchte ewig im Bad. Im Haus gab es zwei Bäder, im Erdgeschoss eines für die Eltern und im ersten Stock ein kleines für Edgar ganz alleine, und selbstverständlich benutzte Alice seines mit. Die Dusche war schon verstummt, lange bevor Edgar sich aus dem Bett gewälzt hatte, also würde sie wohl bald fertig sein. Was er noch nicht wusste: Vanessa hatte ihr einige ihrer Schminksachen geliehen. Es war still hinter der Tür, und Edgar begann sich zu fragen, wie intensiv ein Mensch sich im Spiegel betrachten konnte. Nicht mal seine Mutter brauchte so lang! Selbst nachdem er mehrmals an die Tür geklopft hatte, blieb es still.

„Alice? Beeilst du dich mal?", rief er schließlich genervt.

Sekunden später wurde die Tür aufgerissen und Alice, in einem blauen Kleid von Vanessa, das ihre schmale Figur umwehte, fauchte zurück: „Ganz ruhig, Mensch! Ist ja nicht so, als ob du Zeitdruck hättest, oder?"

Edgar klappte der Mund von selbst auf. Er hatte erwartet, dass das Mädchen zurückhaltend und demütig vor Dankbarkeit sein würde, weil es barmherzige Menschen gefunden hatte, die es aufnahmen, stattdessen keifte sie ihn an, als ob *er* hier der Eindringling wäre.

„Hat deine Mutter dir keine Manieren beigebracht?", empörte er sich, ohne zu merken, dass er genau wie sein Vater klang. Alice verdrehte die Augen.

„Wenn ich mich dran erinnere, werd' ich dir Bescheid geben … – Morgen, Vanessa!", flötete sie dann plötzlich.

„Morgen, ihr Lieben! Edgar, wie wäre es, wenn du Alice heute mal die Stadt zeigst?"

„Warum?"

„Warum? Weil es nett wäre?! Und vielleicht erinnert sie sich ja an etwas."

„Das ist eine gute Idee, Vanessa!"

Edgar schaute Alice böse an. Diese scheinheilige Ziege! Sie grinste und streckte ihm die Zunge raus. Geschwister müssen echt nervig sein, dachte Edgar.

Aber als sie später aus dem Haus gingen, waren sie beide wieder friedlich. Auf dem Weg in die Fußgängerzone kamen sie am Bahnhofsvorplatz vorbei, auf dem bereits einige Fressbuden geöffnet hatten. Auch aus dem „Haus der tausend Schreie" tönten die im Hellen wenig gruseligen Geräusche.

„Tja, das Weinlesefest kennst du ja schon", meinte Edgar mit einem schiefen Grinsen.

„Nur das Geisterhaus. Musst du heute eigentlich nicht da arbeiten?"

„Nein“, erwiderte Edgar gedehnt, „ich hätte gestern vor dem Öffnen prüfen müssen, ob alles in Ordnung ist. Aber das hat mir keiner gesagt!“

„Haben dich rausgeschmissen, was?“

Edgar hob die Schultern. „Ich glaub’, dass sie einfach nicht mit der Polizei in Verbindung gebracht werden wollen.“

Sie bogen von der Landauer Straße, wo sie in die Talstraße übergeht, in die Fußgängerzone ein. Dort herrschte für diese Uhrzeit bereits reger Betrieb. Vor dem „Schuhhaus Dielmann“ hatte sich eine besonders dichte Traube gebildet.

„Gibt’s da was umsonst?“

Alice drängelte sich durch die Leiber nach vorne, um zu sehen, was alle so neugierig bestaunten.

„Wow“, sagte Edgar, als er sie eingeholt hatte, „die sieht ja fast echt aus!“

Dort stand eine lebensgroße Puppe. Fäden verliefen von ihren Händen bis zu der Markisenhalterung, so dass sie wie eine Marionette in einer bestimmten Position festgehalten wurde. Mit dem Schuh, der daneben stand, wurde deutlich, welche Szene man da betrachtete: Es war Aschenputtel in einem violett glitzernden Ballkleid, das sich auf seiner Flucht aus dem Schloss nach seinem Schuh umsieht. Die Gesichtszüge der Marionette wirkten hölzern oder besser: wächsern, denn sie waren auffällig blass und zeigten keine Regung.

„Sieht schon cool aus, oder?“, meinte Edgar.

Er warf einen Blick in die Runde. Alle schienen die Puppe hübsch oder zumindest interessant zu finden, nur

Alice runzelte die Stirn. Wahrscheinlich dachte sie das Gleiche wie er: Wenn die Puppe aus Wachs war, warum hatte man ihren Gesichtsausdruck nicht ein bisschen herausmodelliert? Aber als er sie fragen wollte, bemerkte er, dass sie bereits zur nächsten Menschentraube unterwegs war, und folgte ihr.

In der Nähe des Eissalons „De Rossi" hatten die Menschen einen Kreis um eine Bank gebildet, die umringt war von sieben Gartenzwergen und einem hässlichen kleinen Reh aus Ton, dem ein Ohr fehlte. Auf der Bank lag erwartungsgemäß eine junge Frau, die wie im Film ein gelbes Kleid mit einer blauen Weste darüber und eine rote Schleife im Haar trug. Wer allerdings die Verfilmung des Märchens kannte, dem fiel sofort die schwarze Mähne auf, die fast bis zum Boden hing. Eine Anspielung darauf, dass lange Haare immer noch als weiblicher galten? Ein Akt feministischen Protestes? Während Edgar noch über die tiefere Bedeutung dieser Märchenszene nachdachte, war Alice schon wieder weitergelaufen.

Am Kriegerdenkmal waren wieder Fäden befestigt, die ein erwachsenes Rotkäppchen aufrecht hielten. Am Arm hatte es zwar einen Korb mit dem altbekannten Kuchen und einer Flasche Wein, aber das Kostüm war auch hier etwas modernisiert worden; es bestand aus einem eleganten schwarzen Kleid mit einem roten Anorak darüber. Rotkäppchen hatte die Kapuze aufgezogen, aber ein paar rot-blonde Haarsträhnen kringelten sich bis über die Brust der Frau.

„Glaubst du, das ist eine neue Attraktion vom Weinlesefest? Eigentlich keine schlechte Idee."

Edgar hätte sich die Szenen gern länger angesehen und darüber diskutiert, aber Alice schien wie gehetzt. Grob stieß sie die Leute beiseite, nachdem sie die Puppe nur einen Herzschlag lang betrachtet hatte.

Das vierte Kunstwerk war schon aus der Ferne zu sehen: Auf dem Kirchturm der Stiftskirche hing eine Puppe mit gelbblondem Haar über das Geländer, als beuge sie sich zu ihrem Freier hinab. Das Haar war zwar nicht ganz so lang wie im Märchen, die Puppe sollte aber eindeutig Rapunzel darstellen, gefangen auf ihrem Turm.

Edgar, der keine Lust hatte, Alice hinterherzurennen, behielt sie lieber von Weitem im Auge. Etwas verwirrt blieb sie am Fuß des Turmes stehen, aber die Menschenmasse, die in die Marktstraße strebte, zeigte ihr den richtigen Weg. Schon verschwand sie zwischen ihnen und aus Edgars Blickfeld. Jetzt beeilte er sich doch; wenn er sie nicht mehr fand (war es eine Straftat, ein Entführungsopfer zu verlieren?), würde sein Vater Ärger kriegen – und er selbst erst recht.

Am Marktbrunnen hatte sich eine besonders große Menschenmenge angesammelt. Es waren vor allem Asiaten, die die lebensgroße Puppe für ein Erinnerungsfoto der besonderen Art nutzten. Am Brunnenrand saß ein Mädchen in Minirock und Stiefeln. Um ihren Hals und die Arme waren Fäden geschlungen, die zu der dicken Steinsäule in der Mitte des Brunnens führten. Trotzdem sah es aus, als wäre sie kurz davor, in Trauer zusammenzusinken. Der Platz lag in hellem Sonnenschein. Ob das Wachs schon geschmolzen war? Benutzte man als Künstler nicht möglichst haltbares Material, weil man seine

Werke der Öffentlichkeit über einen längeren Zeitraum präsentieren wollte?

Edgar konnte Alice nirgends entdecken, aber darum würde er sich gleich kümmern. Er schob sich durch die Menge, um die Puppe von Nahem zu sehen. Mit den Requisiten wurde klar, um welches Märchen es sich handelte: Ein dicker grüner Plüschfrosch saß vor der Prinzessin und glotzte sie mitleidig an; in seinen Händen hielt er einen goldenen Ball. Deswegen war sie so deprimiert: Die Szene sollte wohl den Augenblick darstellen, kurz bevor die Prinzessin den Frosch mit ihrem Spielzeug erblickte.

Inzwischen hatte sich eine Japanerin neben die Puppe gesetzt. Sie lehnte sich zu ihr hinüber und strahlte in die Kamera. Neben Edgar machte es mehrmals Klick, dann sprang die junge Frau wieder auf, um den Platz für das nächste Foto freizugeben. Dabei stieß sie gegen die Figur, die sofort ins Wanken geriet. Mit einem halb erschrockenen, halb belustigten Laut versuchte die Touristin, sie am Fallen zu hindern, doch das Gleichgewicht des Kunstwerks war gestört: Die angewinkelten Beine streckten sich und rutschten aus, der Oberkörper landete mit einem satten Platsch im Wasser. Die Asiatin schrie irgendetwas und stolperte fast über die flachen Stufen, die rund um den Brunnen verliefen. Ihre Freunde hielten sie fest und redeten auf sie ein. Die ganze Gruppe schien plötzlich in heller Aufregung zu sein. Die Deutschen verstanden natürlich nichts und glotzten nur.

„Ja, holt sie doch raus!"

Auch wenn es eine merkwürdige Idee war, überall Puppen aufzubauen, und möglicherweise nicht mit der

Stadt abgesprochen, so war doch niemand berechtigt, die Kunst und Mühe anderer zu zerstören. Edgar sprang die Stufen hinauf und richtete zusammen mit einem anderen Mann die Puppe wieder auf.

„Die ist ja warm!“, sagte der Mann und schaute ihn verdutzt an.

„Ja, sicher, weil sie in der Sonne war …“

Im selben Moment wurde Edgar klar, was der andere meinte. Da schmolz kein Wachs. Das war warme Haut. Sie hielten einen echten Menschen, und er lebte noch. Jedenfalls schlug ein schwaches Herz unter dem dünnen Hemd, als Edgar danach fühlte. Schnell zog er die Hand wieder weg. Auch ein ohnmächtiger Mensch wollte nicht begrapscht werden.

„Versuch, sie aufzuwecken!“, wies er den Mann an. „Ich muss jemanden finden …“

Hektisch schaute er sich nach Alice um. Sie hatte beim Anblick der Figuren merkwürdig aufgewühlt reagiert. In Edgar keimte der Verdacht, dass sie mehr darüber wusste. War sie irgendwie in die Sache verwickelt?

Der Marktplatz hatte sich mittlerweile mit Menschen gefüllt, die alle aufgeregt durcheinander riefen, aber hinter ihnen, in dem schmalen Durchgang neben der Kirche, der zum Kartoffelmarkt führte, war es etwas ruhiger, und dort entdeckte er das leuchtend blaue Kleid.

Die vielen verwirrten Leute ließen sich willenlos wie Kühe auseinanderschieben, und bald hatte Edgar den Rand der Menge erreicht. In seinem Kopf entstanden die wildesten Ideen: Alice hatte die Menschen bewusstlos gemacht und als Märchenfiguren verkleidet – und jetzt floh sie, weil sie sich wieder daran erinnerte. Aber da stand sie und starrte auf seltsame bunte Punkte auf dem Boden vor sich. Edgar schüttelte den Kopf. Natürlich war sie keine Kriminelle. Nervig, aber nicht bösartig. Er entdeckte ein Schild neben den bunten Dingern: „Don't step on the Momeraths."

„Mo-me-raths? Was soll denn das sein?"

„Momeraths", sagte Alice leise. Sie sprach es englisch aus. „Sie weisen Alice den Weg."

Edgar betrachtete sie verstohlen von der Seite. Sie war also doch verrückt. Dann verstand er.

„Im Film meinst du! ‚Alice im Wunderland'!"

„Ja klar, was denkst du denn?" Sie hob den Kopf und war wieder ganz die Alte, als sie ihn mit ihrem verächtlichen Blick maß.

Dann betrachtete sie wieder das Zeug zu ihren Füßen. Es waren Pompons, die jeweils zwei Wackelaugen und Pfeifenputzer als Füße hatten.

„Ich hab den Film nie gesehen. Ich weiß, dass er verrückt ist, aber so …?"

„Es gibt übrigens auch ein Buch. Der Autor war drogenabhängig und alkoholsüchtig und angeblich pädophil."

„Hm, das erklärt einiges. Aber warum berührt dich das so? Hast du irgendwas mit der Sache zu tun? – Das wäre ja nicht schlimm", fügte er schnell hinzu, „die Frau am Brunnen hat noch gelebt, also sind sie alle wahrscheinlich nur ohnmächtig."

„Wir werden es sehen." Alice hob den Kopf und atmete tief ein. „Wir werden sehen, wie schlimm das Ganze ist. Gehen wir."

Mit dem unbestimmten Gefühl, dass gleich irgendetwas Ungutes passieren würde, folgte Edgar ihr in den Schatten der Kirche. Der Tag war bis jetzt einer der seltsamsten seines Lebens gewesen, und er war neugierig, wie er wohl ausging.

Als er um die Ecke bog, erblickte er zuerst den blauen Stoff an dem Baum, der zum Paradiesbrunnen gehört, und wunderte sich, warum Alice so still dastand.

Doch sie saß zusammengekauert vor dem Brunnen und rührte sich nicht.

Am Baum des Lebens war wieder eine „Puppe“ aufgehängt, eine Frau, die inzwischen völlig durchnässt war. Edgar fielen die kurzen braunen Haare auf, die erstaunliche Ähnlichkeit mit Alice' hatten, und beim Näherkommen erinnerten auch die Gesichtszüge an das Mädchen, obwohl die Frau deutlich älter war als sie und all die anderen Figuren.

Edgar schauderte. Langsam wurde es unheimlich. Auch, weil er jetzt wusste, dass das keine Puppe war.

„Hilf mir“, sagte Edgar zu Alice, „wir müssen sie da runterholen.“

Er versuchte, die Fäden von Oberkörper und Händen abzustreifen, dann sie zu zerreißen, aber sie waren zu stabil.

„Einen Krankenwagen“, murmelte er. „Alice, warum hilfst du mir nicht? Hast du's nicht mitbekommen, das sind alles echte Menschen!“

„Ich weiß“, flüsterte Alice in ihr blaues Kleid, so dass er sie kaum verstand.

„Das ist meine Mutter.“

In diesem Moment donnerten die Kirchenglocken los, nach einigen Sekunden untermalt vom Heulen der Martinshörner. Edgar dachte, das letzte Gericht sei da.

*

Das Abendessen verlief in gedrückter Stimmung. Vanessa versuchte zwar, Edgar aufzuheitern, aber er schweifte mit seinen Gedanken immer wieder ab.

Alice war nach einem Verhör ins Krankenhaus gefahren worden. Es war möglich, dass ihre Ohnmacht künstlich herbeigeführt worden war, und zwar durch dasselbe Mittel, das man auch für die „Puppenmenschen" benutzt hatte.

Jaspar war schon den ganzen Nachmittag auf dem Revier und hatte sie netterweise über die neuesten Erkenntnisse informiert. Alice hieß tatsächlich Alice. Sie hatte sich unbewusst ihren richtigen Namen ausgesucht. Sämtliche „Puppen" lagen im Koma, nur eine, das Rotkäppchen, war bereits in der Nacht gestorben, wahrscheinlich noch während der Täter sie festgebunden hatte. Man nahm an, dass alle vergiftet worden waren, aber die Standardtests hatten nichts ergeben. Über das, was Alice gesagt hatte, wollte Jaspar nicht reden. Natürlich hatte er Schweigepflicht, aber Edgar nahm es ihm dennoch übel. Er kam beinahe um vor Neugier, und wenn Alice wieder da war, würde sie es ihm sowieso erzählen.

Er musste sich bis zum Abend des nächsten Tages gedulden, weil Jaspar ihm natürlich nicht erlaubte, deswegen die Schule zu schwänzen.

Als er an die Tür des Gästezimmers klopfte, fiel ihm ein, dass sie doch sicher auch zur Schule musste.

„Zur Ausbildung. Kann ja nicht jeder aufs Gymnasium gehen“, erwiderte sie auf seine Frage, doch es klang nicht so gereizt, wie er das von ihr gewöhnt war. Müde schleppte sie sich zurück zum Bett und rollte sich darauf zusammen. Edgar nahm im Sessel gegenüber Platz. Er trommelte ungeduldig mit seinen Fingern auf den Armlehnen herum.

„Das heißt, du kannst dich an alles erinnern?“

„Ja, aber dein Vater hat gesagt, dass ich dir nichts erzählen soll.“

„Alice, das kannst du mir nicht antun! Nicht nach allem, was wir durchgemacht haben! Ich war dabei, als wir deine Mutter entdeckt haben, ich bin dein Partner!“

Edgar erstarrte sekundenlang unter dem Blick, der darauf folgte, dann grinste er.

„Ich mein’ es ernst. Erzähl mir von dir. Die auf der Arbeit wundern sich bestimmt, dass du nicht da bist …?“

„Dein Vater hat mir eine Krankschreibung besorgt. Na, bin ich im Grunde ja auch. Der … Täter hat mich vergiftet.“

„Im Ernst?“

Alice nickte, seufzte und richtete sich auf.

„Also gut, hör zu. Ich wohne – habe mit meiner Mutter hier in Neustadt gewohnt. Mein Vater ist nach Klingen eingeliefert worden, als ich fünf war oder so, aber vor ein paar Wochen ist er entlassen worden. Geheilt von seinen Wahnvorstellungen, keine Ahnung. Scheinbar hat er dann meine Mutter terrorisiert, weil er mich unbedingt sehen wollte, das aufholen wollte, was er all die Jahre verpasst hat. Da ist er doch selber schuld! Ich weiß noch, wie er mir früher immer aus ‚Alice im Wunderland' vorgelesen hat. Du ahnst schon was. Er liebte diese Geschichte und hat mich danach benannt. Sie haben mich das hier mitnehmen lassen."

Sie nahm ein Blatt Papier vom Nachttisch und reichte es Edgar. „Den hatte meine Mutter in der Tasche."

Es war die Kopie eines handgeschriebenen Briefes.

Liebste Alice,

du warst schon immer mein Augenstern. Nur der Gedanke, dich eines Tages wiederzusehen, hat mich durchhalten lassen, als sie mich eingesperrt haben. Aber als es dann endlich so weit war, hat deine Mutter mich abgewiesen. Sie wollte dich vor mir beschützen, das war das Schrecklichste, was mir je im Leben passiert ist. Deswegen habe ich mich dir auf andere Weise zu erkennen gegeben. Diese kleine Ausstellung habe ich allein dir gewidmet. Wir beide lieben „Alice im Wunderland", nicht wahr? Du wolltest immer so sein wie sie, mutig, tapfer, unerschrocken. Du bist so wie sie. In allen anderen Märchen müssen die Mädchen ständig gerettet werden. Bei deiner Mutter war es ebenso. Das habe ich eines Tages nicht mehr ausgehalten, deswegen musste ich dich verlassen. Das tut mir leid. Ich werde einen Weg finden, bei dir zu sein, damit du nicht mehr auf dich allein gestellt bist.

In Liebe, dein wartender Vater

Edgar stieß einen ungläubigen Laut aus. „Da haben sie ihn wohl ein bisschen zu früh entlassen, was?“

Alice hatte sich auf den Rücken gelegt und starrte nachdenklich die Decke an.

„Ich wusste, dass ich die Kleider kannte. Die gehören mir. Und als ich meine Mutter da hängen gesehen habe, war plötzlich meine ganze Erinnerung wieder zurück. Die Mädchen sind meine Arbeitskolleginnen.“

Sie wischte sich kurz über die Augen.

„Und wie wurdet ihr vergiftet?“ Edgar fragte sich, ob er Alice damit überforderte, so kurz nach den Ereignissen, doch sie schien nicht abgeneigt, darüber zu reden.

„Eisenhut. Sie mussten spezielle Tests durchführen, bis sie das herausgefunden haben. Ich habe eine so geringe Dosis bekommen, dass ich nur ohnmächtig geworden bin, die anderen liegen alle im Koma. Ich verstehe nicht, dass niemand was gemerkt hat!“

Sie wusste offenbar noch nicht, dass eine ihrer Freundinnen bereits daran gestorben war. Sie musste es noch nicht wissen.

„Wie hat er euch das Zeug denn geben können?“

„Wir waren am Freitag feiern, da muss er sich wohl an unseren Getränken zu schaffen gemacht haben.“

„Er hat dir hinterherspioniert?“

„Scheint so. Und bei meiner Mutter ist er in die Wohnung eingebrochen.“

„Hm. Aber das passt zeitlich nicht. Wir haben dich am Samstagmorgen in der Geisterbahn gefunden. Deine Freundinnen sind aber erst am Sonntagmorgen aufgetaucht. War das Absicht?“

Alice lachte bitter.

„Die im Krankenhaus haben gesagt, dass meine Eisenhutdosis leicht für zwei Tage Ohnmacht gereicht hätte, ich aber so resistent dagegen war, dass ich früher aufgewacht bin. Außerdem hab ich wohl die Hälfte wieder ausgekotzt."

„Er hätte euch umbringen können!"

„Klingen!"

„Warum hat er dich in die Geisterbahn gelegt? Er hätte dich doch nach Hause bringen können und dann einen Hinweis geben, dass du mal in der Fußgängerzone schauen sollst."

„Vielleicht wollte er mich nahe genug am Ort des Geschehens deponieren, damit sie die Mädchen nicht abtransportieren, bevor ich sie gesehen habe. Und in der Geisterbahn hätte ich leicht zwei Tage unentdeckt liegen können, besonders bei einem so unaufmerksamen Aufpasser wie dir."

Edgar wand sich, aber dann sah er das ironische Lächeln auf ihrem Gesicht. Er bewunderte, dass sie immer noch ihren Humor besaß, auch wenn das Lächeln sofort wieder verschwand.

„Hast du … naja, Angst vor deinem Vater?", fragte er vorsichtig.

„Er ist verrückt. Alice-im-Wunderland-verrückt. Also eigentlich harmlos."

Sie dachte kurz nach.

„Ich glaube wirklich, dass er es nicht böse gemeint hat. Aber trotzdem sollte er eingesperrt werden, denn die Welt, in der er lebt, ist nicht vereinbar mit der echten Welt. Ich würde ihn gerne noch mal sehen, um ihm das zu sagen. Nein, Angst habe ich nicht vor ihm."

Eine Weile blieb es still.

„Eins noch", sagte Edgar dann, „warum hattest du so komische Kleidung an, als ich dich gefunden habe?"

„Hast du was gegen meinen Kleidungsstil?"

*

Von Jaspar sahen sie in der nächsten Zeit kaum etwas, und wenn er doch zum Essen auftauchte, war er so abwesend, dass sie es bald aufgaben, mit ihm zu sprechen. Er suchte wie fieberhaft nach Alice' Vater, der eine so außergewöhnlich krankhafte, bis ins Detail geplante „Ausstellung" nur für seine Tochter organisiert hatte. Die Zeitungen der Umgebung waren voll mit Berichten; drei Tage nahmen die neuesten Erkenntnisse sämtliche Titelseiten ein, gespickt mit den Bildern von Amateuren, deren Erinnerungsfotos plötzlich unerwarteten Wert bekamen. Der Brief an Alice würde allerdings erst abgedruckt werden, wenn der Fall abgeschlossen und der Vater hinter Gittern war. Und auch nur, wenn Alice es erlaubte.

Während der Woche, in der sie krankgeschrieben war, blieb sie bei den Passeris, und Edgar tat sein Bestes, sie aufzumuntern, wann immer er da war. Dann kam eine Nachricht von Jaspar: Da ihre Mutter noch länger im Krankenhaus bleiben würde und Alice deswegen noch nicht nach Hause konnte, sollte sie vorübergehend in ein Heim ziehen.

Als Edgar das hörte, schnappte er sich sofort das Telefon und rief so oft im Revier an, bis sein Vater entnervt aufgab und ihn anhörte. Da er Besseres zu tun hatte, als mit seinem Sohn herumzudiskutieren, und sich dann auch noch Vanesssa einmischte, die Alice ebenfalls ins Herz geschlossen hatte, dauerte es nicht lang, bis Jaspar erlaubte, dass das Mädchen für unbestimmte Zeit bei ihnen wohnte.

Alice fragte Edgar später, warum er sich so für sie eingesetzt hatte. Er zuckte mit den Schultern und wurde rot.

„Das hat rein praktische Gründe. Wenn du dich schon mal hier eingelebt hast, kannst du auch hierbleiben, und außerdem hättest du's vom Heim aus viel weiter zur Arbeit. Hat meine Mutter auch gesagt."

Alice nickte. Sie glaubte ihm nicht ganz.

Gerd Heger

DIE SCHLÄFERIN IM TAL

An der kleinen Wiese entlang singt ein Flüsschen: Die Lauter hängt verrückte Silberfädchen an die Gräser. In der Spätsommersonne, die hier von keinem Berg abgemildert wird, moost es gemütlich vor sich hin. Eine junge Frau hat ihren zarten Nacken der blauen Kresse anvertraut, sie schläft. Bleich ist sie, ausgestreckt hat sie sich, fast ein wenig unziemlich, auf ihrem grünen Bett. Ihre Füße sind von Gladiolen bedeckt, Abdrücke von Pantherpfoten zieren ihr Oberteil, der Rock ist nach oben gerutscht, sie lächelt wie ein krankes Kind, schlummert. Sonne, Natur, wiegt sie mit eurer Wärme, ihr ist kalt! Die Düfte der Wiesenblumen lassen ihre Nasenflügel nicht beben, sie schläft, die Hand über ihre Brust gelegt, nachlässig, ruhig. Sie hat zwei rote Löcher auf ihrer rechten Seite.

„Dampfnudel unn Kardoffelsupp." „Und Sie?" „Forelle, bitte!" „Eine Platte Hausmacher vorher, für alle drei."

Die Mädels hatten sich im Biergarten vom Germanshof getroffen, Annie mit dabei, wie immer. Die, die am lautesten lachte, die, die am einsamsten wäre, wenn sie nicht so viel Power hätte. Annie mit den Nail-Studio-Blümchen … überhaupt nicht fehl am Platz im fast schon toskanischen Garten hinter dem alten Sandsteinhaus auf der Grenze. Das Geplapper vermischt sich mit dem Zwitschern der

Vögel, und natürlich kommt die Wirtin, der Hausherr. Von Ludwigshafen in die Südpfalz, hier ist ihr Reich. Und sie kennt sie alle … sind ja Stammgäste. Die Mädels kennen sich auch, seit der Schulzeit. In Schweigen, Steinfeld, Ober-Otterbach, da ist man irgendwie im Paradies und aufm Land und lebendig und eingeengt – und meistens weit weg von allem. Da bleibt man sich mehr oder weniger gewogen, wenn man sich nicht völlig verkracht hat. Dabei ist Ludwigshafen/Mannheim kaum 50 Kilometer weg – und Karlsruhe so ähnlich. Von der Grenze ganz zu schweigen, Frankreich, die Elsässer, Straßburg – ja sogar Fessenheim: das strahlende Europa – andere Leute machen hier Urlaub. Und komischerweise ist es trotzdem nur Annie, die ab und an mal innehält und denkt, wie gut es ihnen doch geht, weil sie sich nur mit Alltagssorgen rumzuschlagen haben. Und selbst die sind weit weg im Germanshofgarten und an diesem Spätsommerabend.

Frank zog an seiner *Gitane*, die blau-weiße Box hielt er in der Hand, auf dem Balkon mit Blick über den Park. Er musste nicht rauchen, aber im Moment durfte er. Denn Frank machte hier Urlaub, wie vor vier Jahren – als er zum letzten Mal in der Pfalz war. Lässig und entspannt fühlte er sich nach den drei gemütlichen Tagen im Hotel der Bürgerstiftung in Klingenmünster, wo man es sich ordentlich gut gehen lassen konnte. Weinstuben, Straußwirtschaften, nicht nur hier, nach einer gediegenen Wandertour hoch zur Landeck. Und natürlich im Hotelrestaurant des Stiftungshotels, mit dem weltbesten Kartoffelpüree und offenem Kamin und der echten

Inklusionsarbeit – im Hotel arbeiteten Behinderte und Nichtbehinderte prima zusammen. Da gab sich jemand richtig Mühe – naja, inzwischen konnte man selbst den Deutschen nicht mehr nur irgendeinen Fraß vorsetzen. Kurioserweise war gar nicht so viel los in dieser Septemberwoche, die Schule hatte gerade angefangen – grade mal drei mittelalterliche Pärchen waren in den drei Tagen um ihn gewesen, mehr oder weniger schweigsam, mehr oder weniger wanderfreudig, mehr oder weniger langweilig. Und die kleine IT-Firma, die hier seit gestern das Erreichen des Fünf-Jahres-Plans feierte, mit lauter jungen, schlecht angezogenen Menschen, die uff Pälzisch gröhlten, auch sie war nicht wirklich störend gewesen. Frank hatte ein einfaches Zimmer gebucht, eins von den ruhigen, die nicht zur Straße hin lagen – paradiesisch, und nachts fuhr hier eh kaum einer. Dazu hielten die Fenster den Autolärm gut ab – das Glas mit Mirabellenschnaps, das er sich mit ins Zimmer genommen hatte, tat ein Übriges. Frank hatte viel geschlafen – und fühlte sich wirklich wohl. „Ich gönne es mir, heil und gesund zu sein an Körper, Geist und Seele“ – ein Spruch, den ihm mal eine Heilpraktikerin beigebracht hatte, und den er sich wie ein Mantra täglich wiederholte. Auch wenn es im Ende nicht wirklich was genutzt hatte. Gegen das schwarze Pech der Vergangenheit hatten weder sein Geist noch sein Immunsystem sich wirklich wehren können.

Auch auf die neuen Plastikapparate konnte man den Hörer effektvoll aufknallen lassen. EKHK – kurz vor der Pensionierung – beschaulich-karges Büro in Landau.

Tatsächlich ein weiterhin intaktes Familienleben, zwei Kinder groß gekriegt, eine Frau, mit der er gerne alt geworden war – mit der er bald befreit länger jung bleiben würde. Und jetzt, wieder eine Leiche: ledig, weiblich, um die Vierzig. Die Indizien wiesen auf einen Serientäter hin, den die Jungs und Mädels von der Landespolizeidirektion aber nicht wirklich heraus-"profilt" hatten. Helt, der alte Bluthund, wie ihn seine Kollegen hinter vorgehaltener Hand nannten – also eher Trusty aus *Susi und Strolch* als ein echter Bluthund – Helt, der sich nicht aus der Ruhe bringen ließ – normalerweise. DAS aber wäre jetzt nicht nötig gewesen. Er spürte nicht einmal das übliche Kribbeln – nur die „Störung". Jetzt nicht mehr … beschloss er für sich, bevor er sich in die Sitzung aufmachte. Eine Mordkommission würde gebildet werden, die Speyrer, die Ludwigshafener, vielleicht die Mainzer würden mitmischen, und rauskommen würde wieder mal nix. Schließlich waren die bisherigen Leichen vor drei Jahren gefunden worden, schon sehr „angefressen", man hatte die Sache nur noch im Hinterkopf gehabt. Die Leiche von der Wiese im Lautertal aber war neu.

Annie schaffte es zurück nach Hause in ihre kleine Wohnung, ohne einem Streifenwagen zu begegnen. Normalerweise war sie nicht alkoholisiert unterwegs, schon gar nicht bei ihrem Beruf. Aber am Mädelsabend, der nicht mit dem Fahrrad zu erreichen war, machte sie schon mal eine Ausnahme.

Im Flur warf sie mit elegantem Schwung den Riemen ihrer bunten Tasche aus dem Chamäleon in Speyer über die Haken der Messinggarderobe vom Flohmarkt, leicht beschwipst gönnte sie sich im halbblinden Spiegel der Antiquität aus den Fünfzigerjahren einen zugeworfenen Kuss. Fünfzig war sie nicht, und selbst die 38 sah man ihr nicht an. Wie lange hatte sie eigentlich keinen Mann mehr mitgebracht? Heute Abend fehlte ihr einer zum Knutschen – und als Wärmepumpe. Es war einer dieser Abende – noch waren sie relativ selten –, an denen sie die Entwürfe, die sie sich alle übers Leben gemacht hatten, mit der Wirklichkeit verglich. Da half noch so viel Optimismus nicht – und Annie sah das Glas IMMER halb voll – das Ergebnis zu langen Nachdenkens war eindeutig: 38, keinen Mann, keine Familie, einen Job, der ordentlich unter ihren Möglichkeiten blieb – und dann noch so gestaltet war, dass sie ihn nicht mal nach ihren Möglichkeiten ausfüllen konnte. 20 Minuten hat die Krankenschwester im ambulanten Pflegedienst pro Patient, 20 Minuten, deren Überschreiten zumindest gerügt, manchmal sogar geahndet wurde. Mit einer halben Sekretärinnenstelle in der Autozuliefererindustrie würde sie genauso viel verdienen wie jetzt – stattdessen musste sie für einen Schandlohn ihren „Leutchen" auch noch die Tür vor der Nase zuwerfen. Die Blicke der alten, einsamen Frauen und Männer waren schwer auszuhalten – und hier in den Dörfern ging es noch. Schließlich gab es hier so etwas wie Zusammenhalt, man schaute auch mal nach dem Nachbarn. Obwohl sich selbst das verlor … langsam, schleichend. Wie sagte ihre Großmutter am Mittelmeer immer: „Die machen sich diese komischen Satellitenantennen aufs Dach, um die Welt zu sehen, und vergessen, dass ihre Welt vor ihren Häusern beginnt." Kein Wunder, dass die lettischen „Hausdamen" wie ihre Freundin Lilija immer mehr Fuß fassen konnten. Sie wurden schwarz bezahlt, waren liebevoll und hatten viel Zeit. Außerdem so etwas wie Hoffnung und Lebensfreude, wie Annie bei der Wochenendtour nach Riga mitbekommen hatte. Sie erinnerte sich mit einem leichten Grinsen an Lilijas „Onkel" Andris, der ihr gut gefallen hatte. Und sie ihm. Palimm!

Genug gejammert: Annie schlug ihre schwarze Einsamkeitskiste mit entschlossenem Schwung zu, kochte sich einen Malventee und gab ihrem Kater was zu futtern. Dann setzte sie sich mit der dampfenden Tasse auf die breite Fensterbank im Schlafzimmer, schaute in den Garten hinaus, in die Sterne, schlürfte ihr blaues Feengebräu und hörte tatsächlich noch eine Grille. Sie hatte Freunde, sie hatte ihre Oma, sie hatte ihre kleinen Fluchten, sie hatte ein Dach über dem Kopf – und sie hatte ihre Träume. Einen Moment lang lag sie mit dem Kopf auf einem kräftigen, würzig duftenden Oberarm, in einer Wiese, ein Flüsschen plätscherte, lettisches Hinterland vielleicht. Die andere Hälfte würde sich finden.

„Der alte Wolf wird langsam grau, doch er ist zäh und er ist schlau." Die satten Cajun-Klänge der Louisiana-Band von Stefan Waggershausen dröhnten durch den schwarzen VW Tiguan. Die Frau neben ihm lachte … „Okayiiiii!" Frank legte ihr die Hand auf den nylonglatten Oberschenkel. Sie neigte sich zu ihm, küsste ihn auf den Hals – und schmiegte ihre Hände um seinen Oberarm.

Das Leoparden-Top ging eigentlich gar nicht, aber Frank konnte großzügig sein. Für seine Zwecke würde es reichen, für seine Art der Betäubung – mit dem Morphium käme er früh genug in Berührung. Er konnte es nicht verhindern, dass er an Zuhause dachte. Das etwas überdrehte Lachen aus dem Schlafzimmer, wenn seine Mutter mal einen anschleppte. Obwohl das selten passierte, aber von Zeit zu Zeit gönnte auch sie sich was für den Körper. Was ihr die Traurigkeit wegblies. Was ihr noch ein Gefühl gab, etwas anderes als Mutter zu sein. Nur dass Frank das ganz anders sah: Er hasste diese Typen – und er hasste seine Mutter, wenn sie so war. Und dass sie dann, mit grade mal vierzig, plötzlich starb. Herzinfarkt. Wo sie doch sonst immer für ihn da gewesen war, morgens, abends, nachts, bei Hausaufgaben, Verletzungen, schlechten Träumen. Wenn er wieder mal wegen seiner Schüchternheit gepiesackt wurde oder einen Sportwettbewerb verhauen hatte. Sie tat alles, um ihn vergessen zu lassen, dass er keinen Vater hatte. Und er hasste sie dennoch, wegen der Typen. Seine Eifersucht war umso schlimmer, als er ihr davon nie hatte erzählen dürfen. Sie hatte es nie erfahren. Denn er war ja der gute Junge, und sie tat alles für ihn. Lang her das alles, er hatte sich durchgeschlagen, heute konnte ihn keiner mehr. Frank lachte kurz und bitter, Psycho für Arme … Die Frau an seiner Seite nahm sein Lachen als Aufforderung und ließ ihre Hand nach unten wandern.

Helt hielt Hof, was eigentlich gar nicht seine Art war. Er war schließlich kein Hof-, sondern ein Bluthund. Har har. Immerhin dauerten die Reden nur wenige Minuten und waren ehrlich gemeint. Man würde ihn vermissen – und man wünschte ihm wirklich alles Gute. Die Umarmungen waren herzlich, der Crémant kalt, die Schnittchen lecker und seine Frau sichtbar stolz darauf, dass so gar keiner unter den Kollegen heute eine sauertöpfische Miene machte. Sein Sohn aus München, seine Tochter von der Mosel hatten sich frei machen können, sogar unter der Woche, mal ohne die jeweilige Familie, heute Abend würden sie gemeinsam was essen gehen – beim *Piccola Italia* im Gewerbegebiet.

Helt hatte es geschafft: Sie waren in der Sache mit der Frauenleiche nicht weitergekommen – wie auch in den anderen drei Fällen schien der Täter unsichtbar zu sein … Selbst das neumodische Zeugs mit der DNA-Analyse hatte nichts Nennenswertes gebracht. Ein Abdruck von einem Männerschuh, der genauso gut von einem Jäger oder einem Wanderer stammen konnte, ein paar Fasern einer Jeans, die sich nicht zuordnen ließen, Schmauchspuren, die auf eine Allerweltswaffe hindeuteten. Was bei der Obduktion der Frauen herausgekommen war, wollte er sich lieber nicht in Erinnerung gerufen: Extreme Angst, Stress, schlimme Panik. Kein Geschlechtsverkehr. Und dann die beiden Schüsse mit sofortiger Todesfolge. In seinem langem Berufsleben hatte es Helt gelernt, gegen den bösen Schnitter eine Schutzhülle zu erzeugen, und heute insbesondere gab es gar keinen Grund, sich dieser Schutzhülle zu entledigen. Die Kollegen waren ja noch da. Die Medien hatten mehrfach berichtet. Und außerdem kam gerade sein alter Freund Xaver herein mit seiner Frau – extra aus Obermoschel angereist, sie kannten sich seit der Polizeischule – und sie würden heute Abend gemeinsam feiern. Die Freunde umarmten sich. Helt freute sich über den Ruhestand.

Armes Mädchen, ungerecht ist das. Lilija hatte Annie eine Schlaftablette gegeben, streichelte ihr über den Kopf, während ihre Freundin langsam einschlief. Die Deutsche war ihr in den letzten beiden Jahren Exil ans Herz gewachsen, keine hier außer ihr war ein so gerader und klarer Mensch. Mit Herz, Verstand und einem immer wieder hart kämpfenden Lebenswillen. Lilija war sich schnell sicher gewesen, dass Annie in einem früheren Leben Slawin gewesen sein musste. Und tatsächlich stammte Annies Familie ja ursprünglich aus Kroatien.

Als Lilija vor zwei Stunden von Frau Lauer nach Hause gekommen war, saß Annie mit verweinten Augen auf der Treppe. Es dauerte eine Dusche, zwei heiße Tees mit Rum und ein Brot mit Schafskäse, bis die junge Frau erzählen konnte. Dass der Typ mit dem schwarzen Tiguan nicht Mr. Right gewesen war, dass sich die so schnell gefühlte tiefe innere Übereinstimmung als was ziemlich Krankes herausgestellt hatte … und dass sie wirklich Glück gehabt hatte. Mit Frank, so hieß der Irre, hatte sich Annie im *Piccola Italia* in Landau getroffen, nachdem er sie am Tag in der Therme in Bergzabern angesprochen hatte. Sie war dort in der Sauna gewesen, hatte dann im Außenbecken sich treiben lassen im Heilwasser. An der Bar waren sie ins Gespräch gekommen. Palimm, die gemeinsame innere Einsamkeit hatte was bewirkt … frau fühlt so was. Und das war es ja auch, was ihr letztendlich dann das Leben gerettet hatte, nach dem gemütlichen Essen, zwei Tische neben einer Familie, die mit einem Freundespärchen die Pensionierung des Vaters feierte. Nachdem er ihr das von seinem Krebs erzählt hatte. Nachdem dieses ungeheure Verlorenheitsgefühl sie umgeworfen hatte und das Herz ihr weit gemacht. Nachdem sie ihn berührt hatte und an sich ziehen wollte, tröstend. Woraufhin er plötzlich wie umgeschaltet sie zu beschimpfen begann, die Waffe zog und ihr die schlimmsten Beleidigungen an den Kopf warf, völlig unvermittelt. Und sie, geschult durch die ganzen alten Leutchen, denen der Kopf und die Erinnerung verloren ging, sich äußerlich nicht hatte aus der Ruhe bringen lassen … und geredet, geredet, geredet, bis er weinend zusammengebrochen war. Sie hatte gehen lassen.

Irgendwie hatte sie ihn ja auch gehen lassen. Denn sie fuhr zwar als Erstes zur Polizei. Aber sie hatte dort nicht alles erzählt. Frank hatte ihr nämlich anvertraut, was er vorhatte, wo er sterben wollte: in einem Dorf im Hunsrück, im Haus eines toten Verwandten, das er geerbt hatte, wo er sich verstecken würde, wo ihn niemand vermutete. Und er hatte geschworen, dort nichts Böses zu tun.

Lilija mochte Annie wirklich sehr – sie war heilfroh, dass ihre Freundin noch mal mit dem Schrecken davongekommen war. Dass sie sich wieder fangen würde, lag in Annies Natur. Aber im Ende war sie doch ein bisschen zu leichtgläubig. Lilija zupfte die Decke zurecht, strich Annie noch mal übers Haar, ging in die Küche und holte sich einen Wodka aus dem Kühlschrank. Dann – nach kurzem Nachdenken – schickte sie eine SMS nach Riga.

Helt hatte ein seltsames Gefühl von unmöglicher Gerechtigkeit. Nach vier Wochen hatten sie ihn angerufen, erzählt von seinem letzten Fall. Von einer weiteren jungen Frau, die aber dem Mörder entgangen war. Am Abend seiner Pensionsfeier übrigens. Von den Ermittlungen, die dennoch nichts ergeben hatten. Und davon, dass sie den Typen jetzt doch gefunden hatten – im Hunsrück, mit zwei Schüssen im Kopf. Zufällig, beim routinemäßigen Datenabgleich, einwandfrei identifiziert durch DNA und die Stofffetzen von seiner Jeans.

Yuriy drehte langsam die Windungen seines Präzisionsgewehrs auseinander, verstaute es sorgfältig. Mitsamt Etui vergrub er das teure Teil im Wald, was ihm fast schon leidtat, pflanzte dann das mitgebrachte Buchsbäumchen drüber. Der Boss, Andris, hatte von einem Gefallen gesprochen, den er einer alten Freundin schuldete. Der Boss war in solchen Sachen sehr großzügig. Geld spielte keine Rolle. Yuriy zog die feinen Lederhandschuhe zurecht. Den Typ mit dem Tiguan hatte er mühelos ausfindig gemacht in dem kleinen Dorf. Jetzt schnell und unauffällig ab nach Hahn, Flug nach Riga, seine Frau wollte heute mit den Mädels um die Häuser ziehen. Und er sollte auf ihre kleine Tochter aufpassen. Yuriy freute sich auf den gemütlichen Abend.

Manfred H. Krämer

DER LETZTE FLUG DES ALBATROS

Das kleine Schwarze als Krimi …

VORBEMERKUNG DES AUTORS

Wer kennt ihn nicht: Humphrey Bogart in der Rolle des lakonischen Privatdetektivs Philip Marlowe. Nun, der kettenrauchende Schlapphutträger hat einen Enkel: Kriminalhauptkommissar Jan-Philip Mahlo, 59, Trenchcoat, Borsalino, Pfeife. Seine unsagbar traurigen Augen haben schon alles gesehen. Fast alles …

Setzen Sie sich ruhig zu ihm, er hat sicher nichts dagegen, wenn Sie nicht gerade ein Schwätzer sind.

Noch etwas: Dieser Krimi ist eine Verbeugung vor Raymond Chandler, dem Meister der „Schwarzen Serie“. Er ist der Beste!

Die nicht immer grammatikalisch korrekte Sprache und der flapsige Ton in dieser Geschichte sind Stilmittel. Bedenken Sie: Vor Ihnen sitzt ein melancholischer, desillusionierter Kommissar, der ein Alkoholproblem hat und Ihre Geruchsnerven mit seiner versotteten Pfeife malträtiert. Üben Sie Nachsicht und hören Sie sich an, was der alte Haudegen zu erzählen hat. Es lohnt sich.

Und jetzt: Willkommen im *Alten Hammer* in Speyer.

Freddy war ein Schwein. Alle wussten das. Alle, die man in dieser lausigen Winternacht hierher zitiert hatte. Bullen, Spurensicherer, Sanitäter … Weiß Gott, wer die gerufen hatte. Selbst mein nicht trinkender, einäugiger Großvater hätte sofort erkannt, dass es hier für die Jungs nichts mehr zu tun gab.

Freddy war ein Schwein. Aber so hätte er auch nicht enden müssen. Pfui Deibel! Oh, entschuldigen Sie meine Unhöflichkeit, mein Name ist Mahlo, Jan-Philip Mahlo, den Jan können Sie vergessen, das tun alle. Nennen Sie mich einfach Mahlo. Ich bin ein Bulle. Ein müder. Nehmen Sie's mir nicht krumm, wenn ich ein bisschen mürrisch bin. Halten Sie einfach den Mund, hören Sie zu, und ich überleg' mir, ob Sie'n netter Mensch sind. Whisky? Gin? Schorle? Oh, Sie müssen noch fahren! Na dann … Kommen Sie bloß dem Lone Ranger nicht in die Quere, es heißt, sein Geist treibt sich noch immer da draußen herum. Kennen Sie das Hotel am Technik Museum? Da, wo der Düsenjäger steht? Dort steigen Sie besser nicht aus, sonst geht's Ihnen wie Freddy.

Aber ich schweife ab, ich wollte Ihnen Freddys Geschichte erzählen. Ist schon ein Jahr her, aber glauben Sie mir, ich seh' das heute noch vor mir: ein Ozean voll Blut, Körperteile, der alte Bundeswehrparka vollgesogen wie ein Putzlappen. Ich hab' mir erst mal eine Pfeife gestopft. Ist gut gegen den Gestank. Gottseidank hatten wir Winter. Also, die Jungs vom Museum haben schon vor längerer Zeit 'nen Düsenjäger auf einen Ständer genagelt und auf dem Parkplatz aufgestellt. 'ne *Albatros*. Tschechisches Schulflugzeug. Schnittiges kleines Ding. Nadelspitze Schnauze und Flügel wie Rasiermesser. Aber ich schweife ab. Jedenfalls hat da wohl einer an dem Stahlbock gefummelt, auf dem der Flieger so drapiert war, dass es aussah, als wolle der sich gleich in die Erde bohren. Tja, war wohl so was wie monatelanges Rumsägen an Gitterstäben im Knast. Irgendwann schaffst du das. In Freddys Fall hing der Jet wohl nur noch am berühmten seidenen Faden, obwohl der ja in diesem Fall aus Eisen war. Okay, okay, ich verrat's euch: Die vordere Stützstrebe ist irgendwann mitten in der Nacht gebrochen, woraufhin die Bolzen der Hauptstütze ausrissen und der Albatros seine wirklich allerletzte Landung baute. Wie gesagt, die Flügelkanten sind wie Messer … Die haben den armen Freddy tranchiert. So richtig mittendurch. Riesenschweinerei, sag' ich Ihnen. Einige von den Jungbullen haben die Kotzerei gekriegt. Erstaunlicherweise nur Männer. Die Frauen haben sich tapfer gehalten. Blass ums Näschen, aber tough. Hätte fast den Hut gelüftet.

War damals KvD[1], Bereitschaft. Hatte mir gerade mit Mable „Casablanca" angeschaut. Glotzen Sie nicht so, Mable heißt natürlich nicht Mable, sie heißt Monika. Blond, verdammt hübsch und ein wenig zu jung für mich. Ich nenn' sie alle Mable, da gibt's keinen Ärger, man ist ja

1 Kriminalbeamter vom Dienst = ranghöchster Kriminalbeamter, der sich im Dienst befindet

nicht mehr der Jüngste und das Gedächtnis … Verdammt, geht mir schon wieder die Pfeife aus, 'tschuldigung.

Jetzt aber: Mable schien einer romantischen Fortsetzung des Films in Echtzeit nicht abgeneigt zu sein, da klingelt das Telefon. Leichenfund. Tod durch Fremdeinwirkung, mehr rückte der Diensthabende nicht raus. „Fahr hin und sieh's dir selber an", hat er gesagt, „und nimm 'ne Kotztüte mit." Sehr witzig. Ich also rein in die Klamotten, Deckel auf und den alten Chevy gekitzelt. Haben Sie den Wagen gesehen? Der rote *Impala* draußen im Halteverbot. 67er. Ein echtes Schätzchen. Schlüssel rein und los – kann die Lady absolut nicht leiden. Da brauchst du Gefühl. Fast wie bei den Mables.

Na ja, irgendwann kurz vor drei Uhr morgens schlag ich da drüben auf. Die Streifenbullen war'n schon da, die Feuerwehr mit ihrem Lichtmast, und es sah so richtig scheiße aus. Ein besoffener Autofahrer hat es gemeldet, hat gesagt, er heißt Hase und sie könnten ihn mal von wegen vor Ort warten und so, aber sie sollten sich das mal ansehen, wär' besser als Körperwelten, hat er gemeint, der Depp.

Das hier haben sie in einer Tasche des Parkas gefunden, die braunen Flecken sind keine Schokolade.

FLIEGER TÖTEN!

Mehr stand da nicht drauf, aber mehr musste ich auch gar nicht wissen. Ich ließ die Leichenfledderer allein und fuhr raus in Richtung Dudenhofen.

Mein Ziel war die sogenannte „Ranch", ein heruntergekommener Bauernhof, auf dem Jonathan Weißmüller lebte. Dass der so hieß, weiß heute keiner mehr, den nannten sie früher immer nur „Tarzan“, wegen seinem Nachnamen, das ist aber schon ewig her. Besser bekannt war er unter dem Namen Lone Ranger. Sehen Sie, das sagt Ihnen was, nicht wahr? Der Lone Ranger von Dudenhofen. Ein gutmütiger, versoffener alter Kauz, der die Welt von einer ihrer größten Plagen befreien wollte: dem Flugzeug.

Der Lone Ranger und sein weißer Wallach gehörten zu Speyer und Umgebung wie der Dom und das Altpörtel. Seine Frau verstarb bei der Geburt seiner Söhne 1958, die Zwillinge kamen bei der Katastrophe von Ramstein ums Leben. Das hat der alte Johnny nie verwunden. Seit damals hat er alle Flugzeuge als seine persönlichen Feinde betrachtet. Und das ausgerechnet in Speyer. Selbst mein alter Achtzylinder ist praktisch ein Museumsstück. Der Lone Ranger tat niemandem etwas zuleide. Er verteilte seine Pamphlete, stand vor dem Technik Museum und wetterte gegen die Geisel aus Blech und schmierte auch mal Farbe auf den Jumbojet. Wir nahmen ihn in schöner Regelmäßigkeit fest, ermahnten ihn, tranken einen mit ihm und ließen ihn wieder laufen. Eigentlich mochten ihn alle. Mit seinem weißen Rauschebart, dem gewaltigen Stetson und der Fransenjacke auf seinem rachitischen Wallach wurde er sogar mal für den Polyglott Reiseführer fotografiert. Gehen Sie mal aufs Klo. Im Vorraum, da hängt das Foto noch.

Schade, dass es ihn nicht mehr gibt. Okay, zurück zu jener Nacht, in der Freddy auf so grässliche Weise sterben musste. Mein Chevy ächzte und knarzte also raus in die

Felder um Dudenhofen. Die umliegenden Höfe waren alle dunkel. Das morsche Gatter war offen, und das erste, was ich sah, war sein alter Gaul, der unter der großen Linde stand, die mitten auf dem Hof wuchs. Ich wunderte mich, dass die Mähre weder angebunden noch im Stall stand, und hielt in einigem Abstand an. Ich stieg aus und ging langsam und vorsichtig in Richtung des Baumes. Wollte mir meine guten Two-Tones nicht noch mehr einsauen.

Tja, was soll ich sagen, dann sah ich ihn … Er baumelte an einem dieser mächtigen Äste, welche diese Linde hatte. So 'ne richtig klasse Linde wie aus dem Bilderbuch, wissen Sie, so eine, wo sie früher Gericht drunter gehalten hatten im Mittelalter oder so. Geht mir diese Dreckspfeife schon wieder aus, entschuldigen Sie …

Rauchverbot? Der Wirt ist ein richtiger Demokrat. Der hat nix gegen Nichtraucher. Der lässt die in Ruhe nichtrauchen, und ich bin hier so eine Art Helmut Schmidt.

Zurück zum Lone Ranger: Da hing er wie ein nasser Sack, und sein Klepper schnuppert an seinen ranzigen Käsefüßen. Ich bin natürlich hin und hab' nach Lebenszeichen geschaut. Aber da war nix mehr. Wenn Sie ein Fossil im Steinbruch finden, versuchen Sie dann, es zu reanimieren? Sehen Sie, der gute Johnny war auch so ein Fossil. So was Totes wie den habe ich schon lange nicht mehr gesehen. Mein erster Gedanke war, der hat wohl geschnallt, was er dem armen Freddy angetan hat, und selber Richter und Henker gespielt. Dann hab ich mir den Strick genauer angeschaut, den Baum, den Gaul und alles Drumherum. Tja, und was glauben Sie, was ich gefunden habe?

Spuren. Dem Lone Ranger sein Gehöft ist so was von versifft und voller Schlamm und Jauche und Kacke und was weiß ich, da kann keine Schmeißfliege landen, ohne Spuren wie King-Kong zu hinterlassen. Ich knips' meine Taschenlampe an und leuchte auf dem Boden rum und finde Spuren von Gummistiefeln. Linke. Nur Linke! Komisch was?

Alles war voller linker Fußabdrücke von so typischen großen Gummilatschen mit Profilsohlen. Daneben unzählige kreisförmige Abdrücke, etwa so groß wie Fünfmarkstücke. Die kennen Sie aber noch, oder? Fünfmarkstücke? Mit den dämlichen Euros kann ja heute kein Forensiker mehr was anfangen. Sehen alle gleich aus, und beim Bäcker bescheißen sie mich jedes Mal. Alles Verbrecher.

Mein schöner Borsalino war schon ganz weich von dem Nieselregen und dem Nebel und so. Aber darunter machte es ganz deutlich Klick. Ich rief die Kollegen an, damit sie sich um den alten Johnny kümmern, setzte mich in meine Karre und fuhr rüber nach Rinkenbergerhof. Das ist auch so 'ne Ansammlung von Bauernhöfen außerhalb. Der Chevy hatte sich danach 'ne Unterbodenwäsche verdient.

In Rinkenbergerhof ist der Schweinezuchtbetrieb vom Josef Müller. Beziehungsweise das, was davon noch übrig ist. Der Josef hat fast alles versoffen, seit ihm seine Alte abgehauen ist. Dann hat der sich bei „Bauer sucht Frau“ beworben, und die haben dankend abgelehnt. Die Banken saßen ihm im Genick, das Finanzamt hatte eine Betriebsprüfung angekündigt und der Schwarzgebrannte ging zur Neige. Dem Josef ging es so richtig dreckig. Das alles ging mir durch den Kopf, als ich zum dritten Mal in dieser Drecksnacht durch batzigen Schlamm und riesige Pfützen staksen musste. Noch etwas brummte unter meinem Hut herum: Hoffentlich komme ich nicht zu spät …

Ich tapse also rüber zur Haustür. In der Wohnung brennt Licht, aber die Vorhänge waren zugezogen. Klingel gab's keine. Der Josef hat so einen schweren Türklopfer, so wie früher. So'n Löwenkopf oder so was ähnliches. Ich greif das Ding und lass es ein, zwei Mal ballern. In den Filmen würden sie jetzt wohl „Aufmachen Polizei!" brüllen, aber ich dachte, den Mist schenk' ich mir. Den Josef kenn' ich schon seit meiner Schulzeit, ich glaub', der weiß gar nicht, dass ich 'n Bulle bin. Ich donner' noch zweimal mit dem Löwenkopf, dann hör' ich ihn kommen: Tapp - Klock - Tapp - Klock - Tapp - Klock …

Das Holzbein. Glauben Sie's oder lassen Sie's bleiben – der Saumüller, wie sie den Josef alle nennen, hat ein Holzbein. So eins wie Long John Silver aus der „Schatzinsel". Josef war Flakhelfer, und einen Tag vor Kriegsende kriegt der'n Granatsplitter von 'nem Rohrkrepierer ins Bein. War halt schon immer ein Glückskind, der Josef. Die Amis ham ihn ins Lazarett geschafft und ihm 'n Eichenfuß verpasst. Später wollt' ihm seine alte Mutter 'ne Prothese anpassen lassen. Das wollt' der Josef nicht. Der fühlte sich ganz als Kriegsheld, glaube ich. Das sollte jeder sehen, denk' ich. So viel zur guten alten Zeit. Aber zurück in jene verdammte Blutnacht:

Bin ganz schön erschrocken, als der die Tür aufmacht und mich anstiert, als wollte ich ihm 'nen Bausparvertrag andrehen. Weiß wie die Wand, Sabber in den Mundwinkeln, Schweiß auf der Stirn, obwohl es auch drinnen saukalt war. Er streckt mir gleich die Handgelenke entgegen. Wusste wohl doch, dass ich mein Geld mit Räuber-und-Gendarm-Spielchen verdiene. Ich leg' ihm 'ne Hand auf die Schulter, schiebe ihn ein Stück in die Wohnung zurück und mach' die Tür zu. Heiliger Bimbam! Die Küche von dem Josef ist ein Traum in Resopal und Solnhofer Platten. An der Decke verbreitet eine Industrie-Neonlampe die heimelige Atmosphäre einer Verhörzelle, überall Schnapsflaschen und dreckiges Geschirr, und am Esstisch lehnt 'ne kapitale Wumme.

So'n Ding aus den Bauernkriegen, so eins, wo man erst Pulver, dann das Blei oder so ähnlich und mit so'm langen Dingens feststochern ... Riesengedöns jedenfalls für'n einzigen Schuss. Pulver, Bleikugeln und der Ladestock lagen auf dem Tisch neben 'ner halb vollen Flasche Berberglück. Nettes Stillleben, sag' ich Ihnen. Der Josef humpelt zum Tisch, lässt sich auf 'nen Stuhl fallen und heult rum wie'n Schuljunge.

Sorry, aber ich brauch' jetzt noch eine Schorle ... Gaby! Noch eine! Noch'n Apfelsaft für Sie? Auch 'ne Schorle? Na also, dachte schon, dass lässt Sie alles kalt, was ich Ihnen hier vorlaber.

Das Beste kommt noch: Der Josef hat den armen verblödeten Lone Ranger tatsächlich aufgeknüpft. So richtig wie im wilden Westen. Der hat ihm die Kanone vor die Fransenjacke gehalten und ihn auf seinen Gaul gesetzt.

Dann musste der sich noch selber den Strick um den Hals legen, und der Josef gibt der charakterlosen Schindmähre 'nen Klaps auf den knochigen Hintern. Na ja, das war's dann für den Lone Ranger.

Dann fuhr der Josef mit seinem alten Lanz, auch so 'ne Erfindung von hier aus der Gegend, der Bulldog, ich glaub' langsam, alles, was es irgendwo auf der Welt gibt, ham se hier in der Metropolregion erfunden. Auto, Fahrrad, Bulldog, weiß der Geier, was noch. Also der Josef, gewaltig betüdelt, Witwer, Sauzüchter und neuerdings auch Mörder, bullert zu seinem Hof, humpelt ins Haus und lädt die museale Kanone, um sich nun selbst das trübe Lebenslicht auszublasen. Achtung, jetzt kommt der Brüller: Seine Arme sind zu kurz, um die Langläufige in Position zu bringen! Können Sie sich das vorstellen? Kleines dickes Saumüller hockt auf dem Stuhl und versucht krampfhaft, mit seinen kurzen fetten Wurstfingerchen an den Abzug zu kommen! Har!

Das finden sie nicht witzig? Warten Sie ab, es geht weiter: Möglicherweise hat er mal in einem Film gesehen, dass man den Abzug auch mit der großen Zehe betätigen kann. Er also Socke aus, Vorderlader in Position, Lauf in den Mund und dann mit dem großen Zeh seines verbliebenen linken Fußes … Entschuldigung, Sie kannten Josef nicht, ich sag' Ihnen, das muss ein Bild für die Götter gewesen sein. Har! Jedenfalls, dem Josef sein Zeh war wie alles am Josef: entschieden zu dick. Hornhaut, Hühnerauge plus eingewachsenem Zehennagel, da muss der größte Abzugsbügel die Flagge streichen. Har!

Danke, Gaby, auf Ihr Wohl …

Bevor er dann auf noch wildere Ideen kommen konnte, ballerte ich an die Haustür.

Ja, und da hockte er nun vor mir, greinte und schniefte und rotzte in sein dreckiges Taschentuch und erzählte mir die ganze üble Geschichte: erzählte mir von Freddy. Seinen letzten Cent hatte er in Freddy investiert. Sie erinnern sich? Freddy, der von dem Düsen-Albatros halbiert worden war, da draußen am Museum. In Freddy hatte er all seine Hoffnungen gesetzt. In jener Nacht hatte er erst gar nicht gemerkt, dass die Stalltür offen stand. Neben Freddy sind noch drei Muttersauen abgehauen. Josef schwört, dass da einer dran gedreht hat. Er hat den Stall zugemacht, wie immer. Na ja, zwei von den Muttersauen haben sie in der Nähe der Bahnlinie wieder eingefangen, eine ist auf der B 9 unter 'nen Vierzigtonner geraten. Arme Sau. Freddy, der Schwäbisch-Hällische Zuchteber, hat es immerhin bis in die Geibstraße gepackt. Ob der Lone Ranger den gezielt ermordet hat oder ob das alles purer Zufall war, wird wohl nie einer rausfinden. Jedenfalls war der Lone Ranger abgedreht genug, dem toten Schwein einen Bundeswehrparka anzuziehen und 'ne Mütze über die Schweineohren zu ziehen. Aus dem Altkleidercontainer drüben beim Festplatz. Wenn einer ein paar Bierchen intus hat, sieht das dann schon mal aus wie 'ne richtige Leiche oder so. Zumal ja nicht mehr viel zu erkennen war in dem ganzen Schlamassel aus Blut, Knochen und Innereien. Verzeihung. Ich bestelle Ihnen noch einen Schoppen.

Ja, und mit Freddy, dem Schwäbisch-Hällischen Landschwein, ging die Zukunft vom Saumüller Josef den

Bach runter. Der hat seinen Zuchteber noch vor dem anderen Zeugen gefunden. Der Lone Ranger war gerade dabei, mit seinem Gaul das Weite zu suchen. Armes Schwein.

Wen ich damit meine? Suchen Sie sich was raus. War nett, mit Ihnen zu plaudern.

Boris Koch

ALLEIN UNTERWEGS

Vor ein paar Jahren war eine junge Frau nachts allein im Auto auf der L494 von Hauenstein nach Klingenmünster unterwegs. Das Wetter war nass und kalt, die Landstraße verlassen und der Tank fast leer. Doch sie hatte Glück: Bevor das Benzin wirklich knapp wurde, tauchte am Straßenrand, kurz vor Gossersweiler-Stein, eine Tankstelle auf. Erleichtert lenkte sie den Wagen an die passende Zapfsäule. Ein tropfendes Schild verkündete: „Wir zapfen gern für Sie!"

Laut prasselten die dicken Tropfen auf Karosserie und Scheiben, und mit einem Blick auf ihre dünne Kleidung drückte sie auf die Hupe, um den Tankwart auf sich aufmerksam zu machen. Griesgrämig kam er heraus, das unrasierte Gesicht im scharfen Wind verkniffen zwischen die Schultern gezogen. Er grüßte nicht, vermutlich aus Ärger, dass sie ihn bei diesem Sauwetter ins Freie holte. Langsam umrundete er ihren Wagen, dann sah sie ihn durch die Rückscheibe stieren, ehe er zur Zapfsäule ging und fortan, betont desinteressiert, auf die rotierende Anzeige der Benzinmenge starrte. Im Außenspiegel beobachtete sie, wie er unruhig mit einem Fuß auf den Boden tappte. Endlich war der Tank voll.

Sie öffnete ihr Fenster nur einen Spalt breit, um ihm die Kreditkarte heraus zu reichen. Nur nicht die Kälte ins warme Auto lassen, dachte sie, doch als sich sein Gesicht der Scheibe näherte und er sie unruhig fixierte, hätte sie die Karte beinahe fallen gelassen. Der Tankwart glotzte sie zwei, drei Sekunden an. Er schien etwas sagen zu wollen, besann sich dann aber eines Besseren und stapfte zurück in das Kassenhaus. Der Mann war ihr unheimlich.

Kurz darauf kam er wieder heraus. Es gäbe Probleme mit der Kreditkarte, erklärte er ihr durch den erneut geöffneten Fensterspalt. Eine Vertreterin der Gesellschaft wolle sie gerne am Telefon sprechen. Zögernd und misstrauisch stieg sie aus. Alles in ihr sträubte sich dagegen, aber was hätte sie tun sollen? Sie hatte getankt, und nun musste sie auch bezahlen. Nur weil ihre Nerven verrückt spielten, war das noch lange kein Grund, die Zeche zu prellen. Sie hätte einem Polizisten wohl schlecht erklären können, dass sie „ein seltsames Gefühl" dazu veranlasst hatte, mit quietschenden Reifen davonzujagen. Immerhin war er Gentleman genug, ihr die Türe aufzuhalten.

Das Telefon stand auf der Ladentheke, der Hörer lag daneben. Unwirsch griff sie danach – und hörte nichts als das Freizeichen. Sofort drehte sie sich zum Tankwart um, der sich in diesem Moment an der Eingangstür zu schaffen machte – und sie verschloss.

Sie reagierte blitzschnell. Bevor er etwas tun oder sagen konnte, nahm sie all ihre Kraft zusammen, schleuderte das Telefon gegen eine Fensterscheibe des Kassenhäuschens und sprang durch das zerborstene Glas ins Freie. Ohne sich noch einmal umzudrehen, spurtete sie zu ihrem Wagen, schwang sich auf den Fahrersitz und startete durch. Der Tankwart jagte hinter ihr her, doch er hatte keine Chance, sie zu erreichen. Er schrie etwas, immer und immer wieder, doch durch die geschlossenen Scheiben drang nichts ins Innere des Wagens. Mit rasendem Puls beschleunigte sie in die Nacht hinaus.

Der Tankwart hatte zu rennen aufgehört. Er rief nicht mehr, er flüsterte nur noch: „Auf Ihrem Rücksitz … ist ein … Mann …“ Seine Stimme erstarb.

Mit aufgerissenen Augen starrte er in die Dunkelheit. Er sah nicht, wie sich die Gestalt mit der Axt auf dem Rücksitz hinter der jungen Frau erhob, sah nur, wie das Auto in der Ferne ins Schlingern geriet und schließlich von der Straße abkam.

Dr. Friedrich Schmidt-Roscher

DER SCHUSS AUF DIE KANZEL

Keiner konnte so ergreifend reden wie Johannes Maier-Thun. Wenn der Gottesmann die Kanzel in der Christuskirche in Haßloch betrat, blickten die Augen seiner Herde gespannt nach oben. Mit „Ihr Lieben" wandte er sich in einem wohlklingenden Bariton an die gespannten Zuhörer. Hin und wieder schob er mit einer lässigen Handbewegung die langen braunen Haare aus der Stirn.

Es war in Haßloch bekannt, dass die Gottesdienste, in denen Maier-Thun predigte, deutlich besser besucht waren als die seiner Kollegen. Maier-Thun wusste um seine Beliebtheit und war selbstbewusst bis zum Platzen. Er genoss die Bewunderung seiner Anhänger und zeigte sich gleichgültig gegen Anfeindungen. Es gab in Haßloch Menschen, die nicht erst seit seiner spektakulären Scheidung und dem nachfolgenden Rosenkrieg mit einer gewissen Gehässigkeit über den Pfarrer sprachen. Manche Gegnerschaft hatte sich Maier-Thun selbst zuzuschreiben. Sein herablassender Tonfall, seine blasierte Art, seine Besserwisserei und seine Schwäche für weibliche Schönheit waren der Nährboden für seine Feinde.

Etwa tausend Menschen besuchten an Heiligabend den Gottesdienst in der Christuskirche. Einige bekamen keinen Sitzplatz mehr und verließen Türe schlagend das

Gotteshaus. Doch die, die einen Platz in den Bänken gefunden hatten oder auf den Treppenstufen standen, erzählten noch Tage danach, wie ergreifend Johannes Maier-Thun bei dieser Weihnachtspredigt gesprochen hatte. Gerade erhob der Pfarrer seine Stimme mit leichtem Pathos, um zum Höhepunkt seiner Kanzelrede zu kommen. Frauen jeden Alters blickten ergriffen zu dem gestikulierenden Mann im Talar. Einige der männlichen Kirchenbesucher schauten verstohlen auf die Uhr und rechneten aus, wie lange es noch bis zum Weihnachtsgans dauern würde.

„Gott wird ein Mensch, damit wir Menschen …" – der Rest des Satzes blieb in der Luft hängen. Mit offenem Mund blickte der Gottesmann fast ein wenig erstaunt zu seiner Herde und brach dann lautlos über der Kanzelbrüstung zusammen.

Nach einem Augenblick der atemlosen Stille breiteten sich Unruhe und Entsetzen im Kirchenschiff aus. Wie eine riesige Woge schwappten Worte, Sätze und Schreie hin und her. Dr. Matthias Hoffmann, der seit einem Jahr im Presbyterium war und im Hauptberuf als Orthopäde im örtlichen Ärztehaus arbeitete, verließ hastig seinen Platz und eilte zur Kanzel.

Ein kleines Kind weinte, eine dunkelhaarige Frau im weißen Mantel fiel in Ohnmacht, ein paar Familien versuchten panisch, den Ausgang zu erreichen.

Von der Empore klapperte eine Frau mit hohen Absätzen die Treppe herunter und schrie: „Mein Mann!" Fritz Löwer, der Kirchendiener, und ein Presbyter hielten Jana Thun davon ab, zu ihrem Mann zu laufen.

Eine grauhaarige Presbyterin trat beherzt an das Mikrofon und forderte die Gottesdienstbesucher auf, Ruhe zu bewahren. Mit einem Blick verständigte sie sich mit dem Chorleiter Uwe Eicher, der mit der Kantorei auf der Orgelempore stand. Eicher ließ die 50 Sängerinnen und Sänger aufstehen und zischte: „Ehre-Chor, schnell!" Mit einem gewaltigen Klangkörper schmetterte der Chor „Ehre und Preis sei Gott dem Herrn".

Dr. Hoffmann kam der himmlische Lobgesang unpassend vor, denn Johannes Maier-Thun war nicht mehr in dieser Welt. Sein schwarzer Talar färbte sich neben dem Beffchen dunkelrot.

Kommissar Steffen Kunz goss mit Schwung den Cabernet Sauvignin Barrique aus der dünnglasigen Karaffe in die hohen Weingläser. Geübt schwenkte er den blutroten Wein und hielt seine breite Nase in das Glas. Tief sog er den nach Kirsche und Brombeere duftenden Geruch in die imposanten Nasenlöcher. Dann prostete er Eva, seiner neuen Lebensabschnittsgefährtin, zu und ließ den Pfälzer Rotwein Jahrgang 2005, über seinen Gaumen rinnen. Endlich Weihnachten! Eva hatte ihre Stiefel ausgezogen und berührte mit ihrem Fuß sein linkes Bein. Mitten in die behagliche, weinselige Stimmung der Heiligen Nacht klingelte sein Diensthandy.

Die verschnupfte Stimme von Jennifer Langohr meldete sich ohne Gruß: „Chef, wir haben einen Fall!"

„Da ist doch Frenzel dafür zuständig. Der kann auch mal was arbeiten! Ich habe nur den Hintergrunddienst", wies er seine unerfahrene Assistentin in die Schranken.

„Tut mir leid! Kommissar Frenzel liegt mit Grippe im Bett. Also Grippe mit G“, fügte sie unnötigerweise hinzu. „Sie müssen ran. Es geht um die Kirche von Haßloch. Da gibt es eine Leiche. Ich habe schon die Kavallerie verständigt.“

Hauptkommissar Steffen Kunz seufzte unüberhörbar, erklärte der schmollenden Eva in wenigen Worten die Lage, gab ihr einen Kuss und versprach, in spätestens drei Stunden wieder zurück zu sein. Bevor er ging, kostete er noch einen kleinen Schluck des Cabernet Sauvignon. Wirklich lecker.

Als Kunz eine halbe Stunde später das Portal der Christuskirche öffnete, war die Spurensicherung schon mit der Aufnahme des Tatortes beschäftigt. Es war der Ortspolizei nicht in den Sinn gekommen, die Gottesdienstbesucher zur Situation zu befragen. Kaum hatte sich der Tod des Pfarrers wie ein Lauffeuer durch die Kirche verbreitet, machten sich die Leute schneller auf den Heimweg als die Hirten zur Krippe. Wer wollte es ihnen am Heiligen Abend verdenken. Aber ermittlungstechnisch war das natürlich eine Katastrophe.

Neben Jennifer Langohr stand Karl Scherer, der Leiter der Haßlocher Inspektion. Hinter den beiden saßen auf der Bank zwei Männer und eine Frau mit verweinten Augen.

Einer der Männer stellte sich als Dr. Hoffmann vor, der den Pfarrer nach dem Schuss untersucht hatte, jedoch nur noch den Exitus hatte feststellen können. Der andere war Kirchendiener Fritz Löwer.

„Ich kann es nicht fassen. Einfach tot.“ Eine Träne kullerte über die Wange der Frau mit den blonden langen Haaren.

„Das ist Jana Thun, die Ehefrau des Pfarrers“, flüsterte die Assistentin.

„Mein Beileid“, murmelte der Hauptkommissar. Ihm fiel es schwer, vom Rotwein zum Kapitalverbrechen umzuschwenken. „Ist Ihr Mann von jemandem bedroht worden?“

Der Mediziner, der immer noch die Hand der jungen Witwe hielt, blickte ihn vorwurfsvoll an, doch die Frau sprach mit klarer Altstimme: „Mein Mann ist sehr … äh … war sehr beliebt in Haßloch. Aber es gab natürlich auch Menschen, die ihn nicht mochten.“

Sie fing wieder an zu weinen und suchte in ihrer Handtasche nach einem Papiertaschentuch. Fritz Löwer kramte in seiner Hosentasche und reichte ihr ein verbeultes Päckchen.

„Hat sich Ihr Mann in letzter Zeit irgendwie ungewöhnlich verhalten?“

Jana Thun runzelte die Stirn, wollte etwas sagen, doch der fürsorgliche Mediziner war schneller: „Ich bin seit einem Jahr im Presbyterium. Da gab es schon ein paar Turbulenzen mit dem Architekten.“

„Mit dem Architekten?“, hakte Langohr nach.

„Bei uns steht die Erweiterung der Kindertagesstätte ‚Regenbogen‘ an. Eine Krippengruppe wird gebaut. Und da setzte sich Pfarrer Maier-Thun dafür ein, dass diesmal nicht unser Hausarchitekt diesen Auftrag bekommt. Das führte zu einem Streit und einem handfesten Eklat.“

„Wie heißt der Mann?“, wollte der Kommissar wissen.

„Wilhelm Oberkircher.“

„War er heute im Gottesdienst?“

Fritz Löwer nickte. „Ja, Herr Oberkircher singt schon seit vielen Jahren im Kirchenchor im Tenor. Eigentlich ein umgänglicher Mensch.“

„Und Jäger“, ergänzte der Arzt. Er sprach das Wort „Jäger“ so aus, dass klar war, dass er im Zweifelsfall einem Wildschwein mehr Sympathien entgegenbrachte als einem Jünger der Diana.

Kunz schaute sich den Tatort an. Der Notarzt drehte den schlanken Körper des Pfarrers auf die Seite und zeigte ihm, wo die Kugel direkt neben dem Herz eingedrungen war. Der Schuss kam vermutlich von einer ähnlichen Ebene, also auf jeden Fall von der Empore. Die genaue Flugbahn des Projektils konnte nur ein Ballistiker feststellen. Doch wer konnte in der voll besetzten Kirche während der Predigt mit einem Gewehr auf Maier-Thun zielen?

Als Steffen Kunz am 27. Dezember das Polizeipräsidium in der Karl-Helfferich-Straße in Neustadt betrat, traf er nur wenige Kollegen an. Wer es irgendwie ermöglichen konnte, nahm sich zwischen den Jahren frei. Kaum öffnete er die Tür zu seinem Büro, hörte er hinter sich die quäkende Stimme von Jennifer Langohr. „Haben Sie schon den Bericht des Pathologen gelesen?“

Hauptkommissar Kunz griff schweigend nach dem Obduktionsbericht. Er setzte sich, ohne die Assistentin aufzufordern, Platz zu nehmen. Die Kugel stammte aus einer Walther. Das Geschoss hatte eine Rippe zertrümmert und das Herz des Pfarrers getroffen. Wenigstens hatte er nicht lange leiden müssen. Sicher hatte der Täter einen Schalldämpfer benutzt, da niemand einen Schuss gehört hatte. Mit hoher Wahrscheinlichkeit war der Schuss rechts von der Kanzel gekommen.

„Es muss ein geübter Schütze sein. So aus dem Stand trifft keiner aus 30 Metern einem Menschen ins Herz", meldete sich Langohr ungefragt zu Wort.

Kunz schaute sie mürrisch an. „Habt ihr die Tatwaffe schon gefunden?"

„Die Leute von der Spurensicherung haben den ganzen Bereich auf der Empore und später auch die komplette Kirche abgesucht. Fehlanzeige. Im Gedränge konnte der Täter natürlich mit der Waffe abhauen. Die passt ja unter einen Mantel oder in eine Handtasche."

„Da rächt sich, dass die örtliche Polizei nicht versucht hat, die Leute in der Kirche zu behalten."

„Bei einer vollen Kirche an Heiligabend ist so etwas nicht zu machen."

„Ist es denkbar, dass jemand auf der Empore in der letzten Bank sitzt, eine Waffe rausholt und schießt – und keiner kriegt es mit?"

Langohr schüttelte den Kopf. „Es sei denn, er ist mit einigen Kumpels da, und sie haben gemeinsam beschlossen, den Pfarrer umzubringen."

„Sie denken da an eine Gruppe ehemaliger Konfirmanden?" Kunz lachte laut. „Ich hätte manchmal den Pfarrer, der mich konfirmiert hat, auf den Mond schießen können." Er lehnte sich in seinem Stuhl zurück.

„Wir müssen mal die Kollegen aus Haßloch fragen, was für ein Typ Maier-Thun war. Wir befragen seine Ehefrau und auch den Mann vom Chor. Und vielleicht auch eine Presbyterin, um zu erfahren, wie er in der Gemeinde akzeptiert war. Und dann schaue ich mir noch einmal den Tatort an."

An der Wand im Wohnzimmer des Pfarrhauses hing ein großes Ölbild in verschiedenen Grüntönen. Ein Kleinkind, das von seiner Mutter „Judith" gerufen wurde, krabbelte brabbelnd auf dem Teppich. Jana Thun saß dunkel gekleidet auf dem schwarzen Sofa, neben ihr lag ein Berg gebrauchter Papiertaschentücher.

Hauptkommissar Kunz betrat vorsichtig den Teppich, stieg über Kuscheltiere, Bauklötze, zwei Puppen, eine Rassel, eine kleine Flöte und einen Schnuller, bevor er schräg gegenüber der Witwe Platz nahm. Langohr schaltet ein Aufnahmegerät an.

Kunz räusperte sich. „Frau Thun, es tut mir leid, aber aus Ermittlungsgründen müssen wir das Gespräch führen. Ich habe ein paar Fragen zu Ihrem Mann … äh … dem Opfer."

Die Witwe schnäuzte sich geräuschvoll. Judith kroch inzwischen beharrlich in Richtung schwarze Schuhe des Kommissars.

„Gab es in letzter Zeit irgendwelche Drohanrufe oder anonyme Briefe?"

Jana Thun stand auf, lief aus dem Zimmer, wühlte in einer Schublade im Flur und kam mit einem braunen Umschlag zurück.

Als Kunz den Umschlag öffnete, fand er darin drei Schreiben. In ausgeschnittenen und aufgeklebten Buchstaben stand dort immer der gleiche Text:

DU BIST KEIN GOTTESMANN,
DU BIST EIN DIENER DES SATANS.
DER WIRD DICH BALD HOLEN.

„Wann hat er diese Drohbriefe erhalten?"

„Ich kann nicht genau sagen, wann es damit losging. Einige hat Johannes einfach in den Mülleimer geworfen. Die ersten hat er mir verheimlicht. Ich war schwanger, und er wollte mich damit nicht belasten. Der letzte kam vor einem halben Jahr."

„Immer der gleiche Text?"

Die junge Witwe nickte. Kunz steckte den Umschlag mit den Briefen in eine Plastiktüte. Die Buchstaben waren aus einer Zeitung, vermutlich RHEINPFALZ, ausgeschnitten. Für Fingerabdrücke war es zu spät.

„Hat Ihr Mann diese Drohungen der Polizei gemeldet?"

Jana Thun lachte schrill auf. „Johannes hat darüber gelacht." Tränen traten in ihre Augen. „Er glaubte, er sei unverwundbar. Selbst mit den wüsten Anschuldigungen seiner Ex ging er ziemlich souverän um."

Kunz schob vorsichtig seinen Schuh weg, an dem Judith mit ihrem zahnlosen Mündchen nagte. „Wann hat sich Ihr Mann von seiner ersten Frau getrennt?"

„Vor drei Jahren. Das hat ziemlich hohe Wellen geschlagen."

„Und seine Exfrau, also Frau Maier, wie hat die darauf reagiert?“

„Naja, ausgerastet ist sie und hat mich zum Teufel gewünscht. Die war in der Gemeinde engagiert, im Chor, im Frauenbund. Johannes hat mir erzählt, dass die Ehe schon seit Jahren nur noch auf dem Papier bestand. In der Zeit der Trennung hat sie uns terrorisiert. Briefe an den Dekan, den Vorsitzenden des Presbyteriums und sogar an den Kirchenpräsidenten geschrieben. Johannes musste ihr versprechen, nie mehr im Kirchenchor zu singen. Dabei hatte er so eine schöne Stimme. Und vor einem halben Jahr gab es noch einen großen Konflikt wegen dem Unterhalt.“

Das Kleinkind war schon wieder an seinem Hosenbein. Diesmal zog sich die kleine Judith hoch und lächelte ihn sabbernd an. Vorsichtig versuchte der Hauptkommissar, das Bein wegzuziehen. Es fiel ihm schwer, sich zu konzentrieren.

„Was war mit dem Unterhalt?“

„Die beiden haben zwei Söhne. David, der ältere, studiert. Da war Johannes der Meinung, wenn er schon viel Geld für ihn bezahlt, sollte die Mutter auch etwas dazu beitragen. Sie fühlte sich jedoch nicht bereit dazu. Sprach von psychisch angeschlagen und so.“ Thun stand auf und holte ihr Kind vom Kommissar weg. „In dieser Zeit kamen die E-Mails und auch Anrufe.“

„Hat sie Ihr Mann ausgedruckt?“

Jana Thun schüttelte den Kopf. Eine Träne lief über ihr schönes Gesicht. Sie nahm wieder ein Taschentuch. Wortlos drückte der Hauptkommissar ihr die Hand.

Peng. Der schwere Körper lag quer über der Kanzelbrüstung. Hauptkommissar Kunz stöhnte. Von wo konnte die Kugel gekommen sein?

Er war mit Langohr und einem Ballistiker des Landeskriminalamtes in der Haßlocher Hauptkirche. Nun lag er über der Kanzelbrüstung, und die beiden anderen waren auf der Orgelempore. Ballistikfachmann Oliver Degen rief von dort: „Das Problem ist, dass sich der Pfarrer bei der Predigt vermutlich hin und her dreht. Und das zweite Problem ist, dass wir nicht genau wissen, wie der Körper nach dem Schuss fiel, weil dieser Arzt die Leiche bewegt hat, als er überprüfen wollte, ob er tot ist."

Kunz hörte, wie die beiden auf dem Boden auf und ab liefen. Dann das Quäken der Assistentin: „Chef, kommen Sie her! Ich glaube, ich habe was gefunden!"

Links neben der Orgel befand sich eine Öffnung im Holzgehäuse. Dahinter führte ein schmaler Gang zwischen den hohen Pfeifen aus Holz und Metall hindurch. Die Luft war trocken und staubig. Langohr schob sich durch den Gang zur anderen Seite.

„Das ist nicht zu fassen, da hat doch jemand eine Auflage gebaut. Herr Degen, kommen Sie schnell!"

Kurze Zeit später war klar, dass der Täter den Schuss aus der Orgel abgefeuert hatte. Es gab einen Hocker und einen kleinen Aufbau aus Holz und Draht. So konnte der Täter durch den Orgelprospekt hindurch auf die Kanzel zielen.

„Auch wenn der Täter eine Auflage für seine Waffe hatte. So etwas kann nur ein guter Schütze", meinte der Ballistiker.

Als zwei Stunden später die Spurensicherung den Gang hinter der Orgel untersuchte, fand sie in dem schmalen Durchgang und an den Holzpfeifen keine Fingerabdrücke. Dagegen konnte genetisches Material geborgen werden. Nun wussten sie, von wo der Pfarrer erschossen worden war. Damit gerieten vor allem die Mitglieder des Kirchenchors in Verdacht. Doch wer von diesen Personen war ein guter Schütze? Wer hatte ein Motiv?

Der Anruf Kurt Hochreiters veränderte alles. Seine Brigitte sang seit 45 Jahren im Kirchenchor und feierte im neuen Jahr ihren 60. Geburtstag. Um ihr eine Freude zu machen, filmte der musikalisch eher unbegabte Ehemann alle Auftritte des Chors. Die filmische Dokumentation war seine Geburtstagsüberraschung für Brigitte. Das erklärte er umständlich dem Hauptkommissar am Telefon.

„Naja, dann habe ich mir die Aufzeichnung von Heiligabend einmal genau angesehen, und dabei ist mir was aufgefallen, das könnte auch die Kripo interessieren."

Als eine Stunde später Langohr und Kunz die Aufzeichnung unter die Lupe nahmen, fielen ihnen zwei Dinge auf. Bei einer Vergrößerung sahen sie in der Orgel einen Schatten, der möglicherweise den Schalldämpfer der Tatwaffe darstellte. Und: Nachdem die Sänger zwei Lieder vorgetragen hatten, nahm zu Beginn des Krippenspiels der gesamte Chor Platz. In den nächsten Minuten erhoben sich fünf Personen und verschwanden aus dem Blickfeld der Kamera. Alle Fünf kamen demnach als Täter infrage. Berta Weiß, eine

Dame mit einem Krückstock, dazu Jana Thun, Wilhelm Oberkircher, der Chorleiter Uwe Eicher sowie Martha Maier. Leider brach die Filmaufnahme danach ab. Sie wussten nicht, wann die fünf Personen wieder zurückkamen oder ob noch weitere Chormitglieder ihren Platz verlassen hatten.

„Ich denke, diese Berta Weiß können wir von der Liste der Verdächtigen streichen."

„Oberkircher ist hoch verdächtig. Er hätte ein Motiv, und er kann schießen", meinte Kunz. „Wie sieht es bei den anderen aus?"

„Laut unserem Polizeicomputer war Uwe Eicher in den Neunzigern vier Jahre bei der Bundeswehr. Allerdings bei der Big Band, bis die aus Kostengründen verkleinert und er ausgemustert wurde. Bei der Bundeswehr hat er auf jeden Fall schießen gelernt, aber er hat sicher mehr am Instrument geübt als am Schießstand."

„Wissen wir etwas über die Schießkünste der Frauen von Maier-Thun?"

Langohr schüttelte den Kopf.

„Gut, dann knöpfen wir uns als Erstes diesen Jäger vor."

Am 30. Dezember klingelte um 7.50 Uhr Kunz an der weißen Haustür des Architekten Oberkircher. In seinen Händen hielt er einen Durchsuchungsbefehl, in seinem Schlepptau waren Langohr und drei Polizeibeamte. Als Oberkircher im Trainingsanzug die Haustür öffnete, hielt ihm der Hauptkommissar das amtliche Dokument unter die Nase.

„Wir vernehmen Sie zum Tod des Pfarrers Maier-Thun. Bitte geben Sie uns die Schlüssel zu Ihrem Waffenschrank. Der Staatsanwalt hat angeordnet, dass wir alle Waffen untersuchen. Rücken Sie also auch die heraus, die nicht gemeldet sind."

Der Architekt erstarrte einen Augenblick. Seine Halsschlagader schwoll sichrbar an: „Sind sie verrückt! Was soll ich mit dem Tod des Pfarrers zu tun haben?"

Kunz trat über die Schwelle und sagte knapp: „Die Schlüssel zum Waffenschrank! Haben Sie sonst noch irgendwo Waffen lagern?"

„So e Sauerei ...!" Der Jäger fluchte im breiten Pfälzisch über die Polizei und ihre „haltlosen" Verdächtigungen. Frau Oberkircher versuchte, ihren Mann zu beruhigen, und überreichte wortlos die Schlüssel zum Waffenschrank. Der Jäger sah zu, wie ein Polizist den Metallschrank im Keller aufschloss und den Bestand prüfte. Dann nahm der Beamte die Waffen einzeln heraus, versicherte sich, dass sie nicht geladen waren, und legte sie in zwei große Transporttaschen. Die Ehefrau führte Langohr in das Schlafzimmer, öffnete den Nachtisch ihres Mannes und holte eine Pistole heraus. Eine weitere nicht gemeldete Waffe hatte der Architekt im Gartenhäuschen deponiert, um für Überfälle gewappnet zu sein. Nachdem die Waffen registriert und abtransportiert waren, nahmen Langohr und Kunz im Wohnzimmer des Architekten Platz.

Oberkircher stand am Fenster. Sein Kopf war immer noch rot. Seine Frau redete leise auf ihn ein.

„Herr Oberkircher", begann Kunz, „wie war Ihr Verhältnis zu Pfarrer Maier-Thun?"

Der Architekt blickte in den Garten. Seine Stimme klang genervt: „Wir kennen uns schon ein paar Jahre und haben bei vielen Bauprojekten zusammengewirkt."

„In letzter Zeit scheint die Zusammenarbeit jedoch gelitten zu haben?"

„Ach, Sie meinen, weil er mich bei dem Kindergarten-Projekt ausgebootet hat. Damit muss ich leben. Es kommt immer wieder vor, dass ein anderer Mitbewerber die Nase vorne hat."

„Uns wurde gesagt, dass Sie ziemlich sauer auf den geschäftsführenden Pfarrer waren. Sogar Drohungen sollen Sie ausgestoßen haben", mischte sich Langohr ein.

„Üble Verleumdungen!", ereiferte sich Oberkircher, dessen Halsschlagader wieder bedrohlich anschwoll. Seine Frau legte begütigend die Hand auf seine Schulter. Doch er schüttelte ihre Hand ab und näherte sich den Polizisten:

„Klar habe ich mich geärgert. Aber wenn Sie jetzt denken, dass ich deshalb auf ihn geschossen habe, dann sind Sie auf dem Holzweg!"

„Zu Beginn des Krippenspiels haben Sie Ihren Platz im Tenor des Chors verlassen", hakte Kunz nach. „Das kann man auf dem Videofilm sehen, den Herr Hochreiter für seine Frau gemacht hat."

Der Architekt kratze sich am Kopf. „Ach, ja, vielleicht für ein paar Minuten. Ich musste dringend für kleine Jungs. Ich wusste ja, dass unser nächster Einsatz erst nach der Predigt kommt. Und nach den Vorfällen wollte ich mir die Predigt auch nicht unbedingt anhören."

„Gibt es Zeugen dafür, dass Sie auf der Toilette waren?"

„Sie verdächtigen mich tatsächlich? Meinen Sie, ich knall' einen Pfarrer ab, nur weil ich einen Auftrag nicht bekommen habe?"

Einen Augenblick herrschte im Wohnzimmer Stille. Dann sagte der Architekt: „Ich habe nicht darauf geachtet … Doch, halt, draußen im Hof habe ich Berta Weiß getroffen. Sie singt ebenfalls im Kirchenchor, im Alt, und war auch auf der Toilette."

„Gut, wir werden das überprüfen", meinte Kunz kühl. „Sie hören von uns, wenn der Ballistiker die Waffen untersucht hat."

Um elf Uhr klingelten die Ermittler bei Martha Maier. Die 50-jährige Frau wohnte in einem Mehrfamilienhaus in der Nähe des Parkfriedhofs. Als sie in der Essecke des geräumigen Wohnzimmers Platz nahmen, fiel der Blick der Polizisten auf ein großes gerahmtes Foto der Pfarrfamilie Maier aus glücklicheren Tagen. Dieses Mal überließ Kunz seiner Assistentin die Vernehmung und bediente das Aufnahmegerät.

„Frau Maier, wann haben Sie mit Ihrem Exmann das letzte Mal gesprochen?"

Die bleiche Frau mit der dunklen Kurzhaarfrisur legte ihre Stirn in Falten und dachte nach. „Das muss so vor einem halben Jahr, ja, im Sommer gewesen sein. Es ging um unseren Sohn, der jetzt in der 12. Klasse ist. Dann haben wir einmal auch im Oktober miteinander telefoniert, wegen dem Unterhalt für unseren Ältesten, der studiert. Ich habe versucht, ruhig mit ihm zu sprechen, aber er hat nach einer Minute aufgelegt."

„Es ging um Fragen des Unterhalts?"

Maier nickte und strich über den Ärmel ihres braunen Pullovers. „Wir waren unterschiedlicher Auffassung, wie viel Geld für einen Studenten zum Unterhalt angemessen ist. Johannes meinte, dass ich oder David etwas dazuverdienen sollten. Ich habe nur gesagt, dass es nicht meine Schuld ist und er wenigstens so anständig sein soll, zu bezahlen."

Langohr nickte. „Haben Sie eine Idee, wer ihn umgebracht haben könnte?"

Ihr Gegenüber schüttelte den Kopf.

„Sie waren wütend auf ihn. Es gab Konflikte wegen des Unterhalts. Sie sind von ihm tief verletzt worden. Manche Menschen bringen jemanden wegen viel weniger um."

Martha Maiers Gesicht wurde noch eine Spur bleicher. Sie schloss die Augen. „Das ist doch … das ist … das ist unglaublich!", stotterte sie.

„Sie hätten ein Motiv gehabt und auch die Gelegenheit", schaltete sich Kunz ein. „Wir haben gesehen, dass Sie im Gottesdienst Ihren Platz im Chor verlassen haben. Wohin sind Sie gegangen?"

Die Frau stand auf und lief zum Fenster. Dann drehte sie sich um. „Ja, es stimmt. Ich bin aufgestanden. Aber wissen Sie, warum?"

Langohr schüttelte den Kopf. „Sagen Sie es uns!"

„Ich habe gesehen, wie Jana Thun und Uwe Eicher weggegangen sind. Die Ehebrecherin sang bei unserem Weihnachtskonzert die Soli für Alt. Obwohl wir mal vereinbart hatten, uns nicht mehr zu begegnen. Bei den Proben fiel mir auf, dass es irgendwelche Schwingungen zwischen ihr und dem Chorleiter gab. Dann habe ich gedacht, dass da etwas läuft und so. Und denen bin ich hinterher."

„Was haben Sie gesehen?", fragte der Hauptkommissar.

„Sie sind in das Nebengebäude gegangen, und dann hat er mit ihr noch mal die eine Stelle von ihrem Solo geprobt. "

„Frau Maier, können Sie eigentlich schießen?"

Die Angesprochene kam wieder auf ihren Platz zurück. „Nein, wieso?"

„Wir haben erfahren, dass Sie seit zwei Monaten Mitglied im Dürkheimer Schützenverein *Knapp deneewe* sind."

„Ach, das ist doch nur wegen Klaus."

„Klaus?"

„Klaus Molitor, mein ... wie soll ich sagen ... mein neuer Freund." Maier schloss die Augen. „Seit ein paar Monaten haben wir uns angefreundet, jetzt sind wir ein Paar, kann man so sagen. Wir haben beide unsere Schicksalsschläge hinter uns. Klaus ist Witwer. Ich bin es ja nun auch." Sie wischte eine Träne aus den Augen und räusperte sich. „Naja, Klaus ist Mitglied im Schützenverein und hat mich ein paarmal mit ins Schützenhaus genommen. So schieße ich manchmal auch auf dem Schießstand."

Die beiden Polizisten sahen sich an. Dann wollte Langohr wissen: „Frau Maier, haben Sie eine Waffe hier im Haus?"

„Nein. Ich gehe vor allem Klaus zuliebe mit zum Schützenverein. Ich habe keinen Waffenschein. Und die Waffen von Klaus sind in den Schränken des Vereins."

„Entschuldigen Sie bitte, könnte ich einmal Ihre Toilette benutzen?", fragte Langohr. Die Frau nickte.

Am 7. Januar überschlugen sich die Ereignisse.

Der Ballistiker bestätigte, dass die Walther aus dem Gartenhaus des Architekten nicht die Tatwaffe war. Oberkircher musste sich jedoch wegen unerlaubten Waffenbesitzes verantworten.

Das Genmaterial aus dem Gang hinter der Orgel war ausgewertet und mit den Genproben verglichen worden, die die Kommissare bei den Tatverdächtigen hatten mitgehen lassen oder von anderen Polizisten bei Mitgliedern des Chors eingeholt worden waren.

Der Bericht zeigte, dass von allen verdächtigen Personen und einigen weiteren Chormitgliedern genetische Spuren in dem Raum hinter der Orgel zu finden waren. Dass von zwei Personen besonders viel genetisches Material vorlag, war auffällig. Es handelte sich um Uwe Eicher und Martha Maier. Da Uwe Eicher in der Kirche auch den Organistendienst versah, war es erklärbar, dass durch das Gebläse der Orgel kleine Hautpartikel, Schuppen und Härchen verteilt wurden. Der Kirchenchor aber stand nur an Heiligabend oben auf der Empore. Martha Maier geriet ins Fadenkreuz der Ermittler: Unter den genetischen Spuren befanden sich zwei schwarze Haare von ihr.

Die Füße des Hauptkommissars lagen auf dem Schreibtisch. Wie war dieser genetische Befund zu deuten? Er brauchte dringend ein Gespräch mit diesem Chorleiter und mit der Exfrau des Ermordeten. Und er musste sich beeilen, um den Fall noch vor dem 19. Januar abzuschließen. Denn er hatte seiner neuen Lebensabschnittsgefährtin versprochen, an diesem Tag mit ihr in Skiurlaub zu fahren. Nach dem vermasselten Weihnachtsfest wollte er das neue Glück mit Eva nicht durch ein Verschieben des Winterurlaubs belasten. Plötzlich wurde die Tür aufgerissen und Jennifer Langohr stand im Türrahmen.

„Können Sie nicht anklopfen!“, herrschte er seine unerfahrene Assistentin an und zog rasch seine Füße vom Schreibtisch. „Jetzt gehen Sie noch einmal raus, und wir üben das.“

„Aber Chef“, wandte die junge Untergebene ein, „ich habe Ihnen etwas Wichtiges mitzuteilen.“

„So wichtig kann es nicht sein, dass man die zivilisierten Umgangsformen deshalb außer Acht lässt.“ Kunz war gnadenlos. Erst als Langohr zweimal geklopft hatte und wartete, bis ihr Dienstvorgesetzter von innen laut „Herein“ rief, konnte sie ihr Anliegen vorbringen.

„Ich habe mich eben gerade auf der Homepage von diesem Schützenverein da in Dürkheim umgesehen. Und wissen Sie, was ich Interessantes herausgefunden habe?“

„Ich weiß es nicht, aber Sie werden es mir gewiss gleich sagen.“

„Die Maier, also die Ex von unserem toten Pfarrer, die hat beim Adventsschießen im Verein mitgemacht.“

„Adventsschießen?“

„Ja, das ist so ein Wettbewerb im Verein um den Pokal des Landrats. Auf der Homepage konnte man alle Ergebnisse nachlesen. Und siehe da: Martha Maier wurde bei diesem Schieß-Wettkampf immerhin Dritte bei den

Frauen", meinte Langohr eifrig. „Die kann gar nicht so schlecht schießen."

Auf ein Lob ihres Vorgesetzten wartete Langohr vergebens. Kunz sagte nur: „Dann müssen wir der Maier wohl noch mal auf den Zahn fühlen."

Diesmal fand die Vernehmung von Martha Maier im Polizeipräsidium in der Karl-Helfferich-Straße statt.

Die Ermittler ließen die Frau fünfundzwanzig Minuten warten und hörten, wie sie unruhig im Flur auf und ab ging. Im Vernehmungsraum setzte sich Martha Maier auf die Kante des Stuhls. Das Gesicht der Verdächtigen wirkte noch schmaler als vor ein paar Tagen. Als Langohr sie darauf aufmerksam machte, dass sie das Recht habe, einen Anwalt hinzuzuziehen, schüttelte die Frau mit der Kurzhaarfrisur den Kopf. Im Hintergrund lief das Aufnahmegerät.

„Frau Maier, wir haben Sie noch einmal kommen lassen", begann Langohr mit sanfter Stimme, „weil es für uns ein paar Unklarheiten gibt."

Maier schaute an der Kommissarin vorbei.

„Um was konkret geht es?" Ihre Hände krallten sich am Tisch fest.

„Der Dürkheimer Schützenverein hat eine Homepage. Dort haben wir gesehen, dass Sie beim Adventsschießen den dritten Platz belegt haben. Ich habe mich mal beim Schützenmeister erkundigt. Sie gelten als ausgezeichnete Schützin."

„Ich war selbst überrascht, dass das mit dem Schießen so gut geklappt hat."

„Der Schützenmeister meinte, Sie hätten viel Talent, Klaus sei ganz stolz auf seine neue Freundin. Sie würden eine Sau aus fünfzig Metern Entfernung treffen …" Langohrs Stimme nahm an Schärfe zu.

„Da haben Sie uns aber ganz schön an der Nase herumgeführt", polterte der Hauptkommissar. „Sie sind eine gute Schützin, und Sie hatten auch ein Motiv, Ihren Exmann umzubringen!"

Martha Maier schloss die Augen und die Knöchel ihrer Hände, die noch immer die Tischkante umklammerten, wurden weiß. „So etwas könnte ich nie tun …" Ihre Stimme war kaum zu hören.

„Sie kennen die Kirche sehr gut. Wir haben erfahren, dass Sie Touristengruppen durch das Gotteshaus führen. Sicherlich wissen Sie auch, dass es hinter der Orgel einen Durchgang gibt", legte Kunz nach.

Die Verdächtige nickte langsam.

„Bitte lauter! Kennen Sie das Türchen und den Gang im Orgelgehäuse?"

„Ja!" Maier schlug mit der Hand auf den Tisch.

„Beruhigen Sie sich", fuhr Langohr mit wieder sanfterer Stimme fort. „Sie kennen sich aus und Sie haben ein Motiv. Und wir haben im Gang Fingerabdrücke und genetisches Material von Ihnen gefunden."

„Wie bitte?"

„Ja, Ihr Exmann wollte einfach den Unterhalt nicht mehr zahlen. Er hat auf Ihre Anrufe und E-Mails überhaupt nicht reagiert. Er kam sogar auf die Idee, dass Sie wieder arbeiten sollten. Dabei haben Sie ihm jahrzehntelang den Rücken frei gehalten, waren immer für die Kirche und für die Familie da. Und dann lässt er Sie einfach wegen dieser Sängerin sitzen." Kunz lehnte sich zurück und behielt Maier im Blick. „Da kann schon einmal der Gaul mit einem durchgehen."

Maier schaute auf die Tischplatte. Sie sagte kein Wort.

„Frau Maier, was haben Sie hinter der Orgel gemacht? Alle Spuren führen in Ihre Richtung. Auch die Drohbriefe, die Ihr Mann erhalten hat, wurden von Ihnen abgeschickt."

Martha Maier schüttelte den Kopf. „Aber die Briefe waren doch noch von damals. Die sind doch schon fast zwei Jahre alt. Damals ging es mir nicht gut. Mich hat die Trennung kaputtgemacht. Ich war es nicht!"

„Die Beweislast ist erdrückend. Die Drohbriefe, die E-Mails, der Streit am Telefon. Er hat sich schäbig Ihnen gegenüber verhalten, dann die permanente Schmach. Sie haben nicht nur die Familie verloren, Sie haben auch Ihren Platz im Leben verloren. Und Sie können schießen. Frau Maier, geben Sie es zu! Sie haben den Schuss auf die Kanzel abgegeben! Das Geständnis wird Ihnen guttun." Kunz war der Verdächtigen nun ganz nahe.

Es dauerte noch eine Viertelstunde. Dann brach die Frau unter dem Vernehmungsdruck zusammen. Schluchzend gestand sie die Tat.

Später, als ein Anwalt und der Staatsanwalt hinzugezogen wurden, gab es nur noch ein paar neue Fakten. Der Fall war gelöst. Martha Maier hatte ihren Mann an Heiligabend mit einem gezielten Schuss auf die Kanzel erschossen. Später fand man die Tatwaffe zwischen den Pfeifen im Orgelprospekt.

Hauptkommissar Steffen Kunz war erleichtert. Noch ein paar Tage Schreibarbeit, aber dem Skiurlaub in Antholz mit seiner neuen Lebensgefährtin stand nichts mehr im Wege.

Als Martha Maier bei der Verhandlung vor dem Landgericht in Frankenthal ihr Geständnis widerrief, war die Beweislast der Indizien dennoch so stark, dass ihr Richter und Schöffen keinen Glauben schenkten. Die Exfrau des Pfarrers wurde vom Landgericht Frankenthal in fünf Verhandlungstagen zu fünfzehn Jahren Gefängnis verurteilt.

Zehn Monate nach den aufwühlenden Vorfällen in der Protestantischen Kirchengemeinde in Haßloch führte eine lange geplante Konzertreise des Evangelischen Kirchenchors nach Norditalien in die Alpentäler bei Turin. Nach den dramatischen Ereignissen an Weihnachten war im Chorvorstand darüber diskutiert worden, die Reise abzusagen. Doch Uwe Eicher hatte sich mit seiner Auffassung durchgesetzt, dass nach den dunklen Monaten neue und schöne Erfahrungen nötig seien. Der Chor trug bei seinen Auftritten Teile der Matthäuspassion von Johann Sebastian Bach vor. Den Anstoß zu dieser Reise hatte noch Pfarrer Maier-Thun gegeben, nun begleitet eine andere Geistliche die Chormitglieder.

Immer noch war der Schuss auf die Kanzel das Gesprächsthema im Dorf und in der Gemeinde. Das Grab des beliebten Pfarrers wurde von vielen Leuten aufgesucht. Die Friedhofsverwaltung musste im Auftrag von Jana Thun eine Hinweistafel anbringen, keine Kerzen auf das Grab zu stellen. Berta Weiß besuchte als Einzige vom Kirchenchor einmal im Monat Martha Maier in der Justizvollzugsanstalt in Zweibrücken.

Die Reisenden aus Haßloch sprachen hinter vorgehaltener Hand darüber, dass Jana Thun die Chorfahrt mitmachte. Ihre kleine Tochter Judith vertraute die Altistin ihrer 81-jährigen Schwiegermutter an. Einige tuschelten, dass sie in der *Foresteria* in Torre Pellice das Zimmer direkt neben dem Chorleiter hatte. Brigitte Hochreiter meinte sogar, ein verdächtiges Geräusch aus dem Zimmer des Chorleiters gehört zu haben. Aber die Hochreiter war bekannt für ihre Klatschsucht. Jeder konnte jedoch sehen, welche Blicke der Chorleiter der jungen Witwe zuwarf.

Zu den Höhepunkten der Aufführung von Teilen der Matthäuspassion in der Evangelischen Waldeserkirche in Pinerolo gehörten die Soli der Altistin Jana Thun. Als sie die Bach-Arie „Blute nur, blute nur, du liebes Herz" sang, waren nicht nur die Italiener ergriffen, sondern auch ein nicht besonders empfindsamer Mann wie Wilhelm Oberkircher. Viele Mitglieder des Kirchenchors mussten unwillkürlich an den gewaltsamen Tod des Pfarrers denken. Jana Thun sang inbrünstig mit Tränen in den Augen: „Ach, ein Kind, das du erzogen, das an deiner Brust gesogen, droht den Pfleger zu ermorden; denn es ist zur Schlange worden."

Als die Italiener nach der Arie spontan klatschten, dachte die Altistin daran, wie sie mit 21 Jahren in ihrem Dorf im Münsterland zur Schützenkönigin gekürt worden war. Sie hatte die zwei schwarzen Haare der Maier hinter die Orgel gelegt.

Und als am Ende der Aufführung der Matthäuspassion die Italiener in der Kirche aufstanden und begeistert nach einer Zugabe riefen, war dieser große Erfolg nicht nur dem Klangkörper des Haßlocher Kirchenchors, sondern besonders dem ergreifenden Gesang der Altistin geschuldet.

Jana Thun war einfach talentiert.

Katrin Tempel

DAS ABENDESSEN

Sie liebte es, über den Dürkheimer Wochenmarkt zu schlendern. In der Sonne leuchteten die Farben der angebotenen Waren um die Wette. Das intensive Rot der Tomaten, das satte Grün der Kräuter und die zarten violetten Töne auf der weißen Haut des Knoblauchs. Marie atmete tief ein. Auch die Gerüche waren überwältigend. Hier, am kleinen Käsestand, konnte sie den Geschmack der reifen Schimmelkäse fast auf der Zunge spüren. Ein wenig weiter wehte aus dem Fischwagen der Geruch nach Salzwasser und Algen. Beim Fleischhändler hing ein gehäutetes Reh am Haken. Marie lächelte. Die Muskeln sahen aus wie bei einer mageren jungen Frau, die einen Strecksprung ins Wasser machte. Sie hielt beim Gemüsestand an und betrachtete die Kräuter genauer: Basilikum, Lorbeer, Petersilie …

Sie erinnerte sich noch genau an den strengen Blick ihrer Schwiegermutter bei der Hochzeit vor drei Jahren. Damals hatte Marie fröhlich einen nadeligen Ast von ihrem Hirschsteak genommen und dazu verkündet: „Ich liebe Thymian!" Die Schwiegermutter hatte sie verächtlich unter ihren fein gezupften Brauen angesehen und leise gezischt. „Rosmarin! Das ist Rosmarin!"

Marie hatte gelacht. Was hätte sie auch sonst tun sollen? Sie lebte in einer Welt der Fertiggerichte und Fast-Food-Ketten. Bis sie Lukas kennenlernte. Der liebte feine

Weine und gutes Essen. Er führte Marie in Restaurants aus, wo der Preis der Portionen größer wurde, je weniger auf dem Teller zu finden war. Anfangs hatte Marie gescherzt. „Wie viel müssen wir hier eigentlich für einen leeren Teller zahlen?“ Dann hatte sie allmählich gelernt, dass man mit Essen keine Scherze trieb. Nicht in der Welt von Lukas. Nachts hatte er sich an sie geschmiegt, ihr seinen weichen Bauch an den Rücken gedrückt, sie auf die Schulter geküsst und gegen ihre schläfrige Haut gemurmelt. „Willst du nicht Kochen lernen? Für mich?“

Marie war damals unruhig geworden. Bis zu ihrer Hochzeit hatte er immer wieder versichert, dass er sie so liebte, wie sie war. Eine Geschäftsfrau, die mit den Niederungen der Hausarbeit nichts zu schaffen haben wollte. Und jetzt sollte sie in eine Küche verbannt werden? In den fettigen Dunst von Braten und die süßlich-klebrige Aura einer Backstube? Damals hatte sie beschlossen, seine Bitte zu überhören.

Er hatte seinen Wunsch auch nicht mehr erwähnt. Bis zum nächsten Weihnachtsfest. Seine Mutter hatte eingeladen und eine knusprige Weihnachtsgans serviert. Nach dem letzten Bissen hatte sie ihre schmalen Lippen mit der Stoffserviette abgetupft und freundlich gelächelt: „Möchtest du nicht regelmäßig zu mir kommen? Ich kann dir das Kochen beibringen. Wir fangen mit den einfachen Sachen an. Ich habe schon mit Lukas gesprochen, er hält es für eine wunderbare Idee. Nicht wahr, Liebling?“

Lukas hatte so eifrig genickt, dass sein Doppelkinn schwabbelte. Er hatte Marie mit seinem besten Hundeblick angeschaut. Große, feuchte, braune Augen. „Schatz, du könntest für uns kochen, und wir könnten es uns zu Hause gemütlich machen!"

Marie hatte sich in eine Falle getrieben gefühlt. „Aber ich muss arbeiten. Wie soll ich dann noch Zeit fürs Kochen finden?"

Lukas hatte einen Blick mit seiner Mutter gewechselt, den Marie nicht deuten konnte. Dann hatte er ihr langsam geantwortet, mit ihr gesprochen wie mit einem störrischen Kind. „Schatz, du musst nicht arbeiten. Ich habe die Firma von Mutter überschrieben bekommen, das Haus gehört uns, ich verdiene gut."

Richtig. Sie hatte ja gewusst, dass sie in eine der wohlhabenden Familien Bad Dürkheims einheiratete. Wenn sie ehrlich war, hatte ihr das Haus von Lukas besser gefallen als er selbst. Anfangs hatte sie seine freundliche, harmlose Art geschätzt. Erst nach ein paar Monaten hatte sie angefangen, sein Phlegma zu verabscheuen. Lukas schien sich nur in Richtung Restaurant oder Kühlschrank zu bewegen. Für jeden anderen Handgriff stellte er dienstbare Geister an. Er hatte ihr schon früh erklärt, dass er eigentlich nur eine Frau suchte, die sein Hauspersonal beaufsichtigte.

Sie schlenderte weiter über den Markt. An einem Stand fand sie die schönsten Tomaten, jede einzelne so süß wie ein Zuckerstück. Ein wenig weiter frische Frühlingszwiebeln. An den Stängeln meinte sie noch den Tau des frühen Morgens zu erkennen. Dazu erstand sie einen dicken Strauß glattblättriger Petersilie. Marie ließ sich Zeit.

Sie hatte den Bitten von Mutter und Sohn widerstanden. Zwei Jahre lang war sie weiter in der Bank tätig gewesen. Sie hatte Menschen beraten, die nicht einmal einen Bruchteil vom Geld ihres Mannes besaßen. Lukas wurde drängender. Im *Weinrefugium*, ihrem Stammrestaurant, hatte sie kaum mehr ein rosa gebratenes Stück Fleisch in den Mund schieben können, ohne dass Lukas diesen Genuss zerstörte. „Stell dir vor, wie schön es wäre, wenn wir zu Hause essen könnten. Den großen Esstisch benutzen wir im Moment nur fürs Frühstück!“ Seine Stimme hatte etwas Bettelndes. „Liebling. Ich verlange nichts Unmögliches von dir. Frauen kochen doch gerne!“

Marie hatte sich stur gestellt. Sie hatte ihn seltener in die teuren Restaurants begleitet, machte sich lieber ein Butterbrot. Lukas hatte angeekelt sein dickes Gesicht verzogen, wenn er sah, dass sie wieder einmal nur im Stehen aß. „Du lernst es einfach nicht, zu genießen!“

Ganz allmählich hatte sie angefangen, ihn und seine Fresserei zu verachten. Nur sein Haus fand sie immer noch schön.

Zufrieden sah sie in ihren Einkaufskorb, als sie sich auf den Rückweg nach Hause machte. Zum Nachtisch kaufte sie noch ein wenig sahnigen Käse, dazu die wunderbaren Trauben aus Frankreich. Schön, wenn man nicht aufs Geld achten musste.

Dann hatte er ihr einen Kochkurs beim Sternekoch der Stadt geschenkt. „Nur für uns beide, Liebling!“ Der Kurs war schon bezahlt, Marie war müde, ihr fielen keine

Ausreden mehr ein – und so fand sie sich wenig später in einer rustikal wirkenden Lehrküche wieder. Blank poliertes Holz und matt glänzender Edelstahl – solche Küchen kannte Marie nur aus den Einrichtungsseiten von Hochglanzmagazinen. Ein Gläschen Champagner auf Kosten des Hauses zum Start. Dann eine gepflegte Unterhaltung, bei der ganz nebenbei ein köstliches Essen entstand. Marie war überrascht. Das hatte nichts mit den fetten Gerichten zu tun, die ihre eigene Mutter immer lieblos zusammengekocht hatte, bevor sie mit einem ihrer ständig wechselnden Liebhaber um die Häuser zog. Maries Kindheit hatte nach Maggi und verbranntem Fleisch geschmeckt. Hier, in der Küche des Kochs, lernte sie die andere Welt kennen. Die leichte. Obwohl sie sich dagegen wehrte, mochte sie den Tag in der Lehrküche. Vor allem den Sternekoch, einen dunkelhaarigen, schlanken Mann, fand sie ganz wundervoll. Er zwinkerte ihr immer freundlich zu und umfasste zärtlich ihre Hand, wenn er ihr zeigte, wie man die scharfen, großen Messer richtig anpackte.

Zu Lukas' Begeisterung hatte sie dann einen Kurs nach dem anderen belegt. Der Küchenprofi bot mehrere an. Kochen mit Fisch, mit Wild, mit Huhn. Mediterran, mexikanisch und französisch. Suppen, Vorspeisen und Rotweinkunde. Marie war dabei. Der Koch schien für seine Musterschülerin immer neue Kurse zu erfinden, manche gab er nur ihr allein. Das wusste Lukas allerdings nicht. Zum Geburtstag schenkte der Koch ihr ein wertvolles japanisches Messer. Groß, breit und gefährlich scharf. Er hatte sie lange mit seinen blauen Augen angesehen, als er ihr das Messer überreichte. „Pass auf, Marie. Dieses Messer ist wie eine Waffe. Mit ihm kann man ganz ohne Anstrengung zähes Fleisch, Sehnen und Knorpel schneiden." Dann hatte er gelächelt. „Aber ich werde dich lehren, dieses Messer zu nutzen … Vertrau mir nur."

An diesem Abend in der menschenleeren Küche hatte der Koch ihr mehr geschenkt als nur ein Messer.

In jener Zeit entdeckte Marie den Wochenmarkt in Bad Dürkheim. Bis dahin war das bunte Treiben um die Stände für Marie lediglich eine Touristenattraktion gewesen. Besonders im Frühling und Sommer, wenn das monatliche Marktfrühstück mit Livemusik und kulinarischen Kleinigkeiten die Besucher anlockte. Jetzt sah sie an den Ständen die unendlichen Möglichkeiten, die sich boten. Bald schon begrüßten die Händler die junge Frau, die Trüffel, Austern und importierte Früchte kaufte, ohne auf die Preise zu achten. Sie sorgten dafür, dass diese gute Kundin die beste Ware erhielt.

Als Marie mit ihrem vollen Korb in das große Haus am Park zurückkehrte, schaltete sie Musik ein. Jazz erklang aus den großen Designer-Boxen. Marie verschwand in der Küche, legte die Schürze an. Sie lächelte leise vor sich hin, als sie an den Tag dachte, an dem Lukas ihr diese Schürze geschenkt hatte. Wie stolz er gelächelt hatte. „Für meine kleine Köchin!", hatte er gesagt und sie so lang und liebevoll geküsst wie schon ewig nicht mehr. „Ich wusste, dass du es eines Tages für mich lernen wirst." Marie hatte damals nur genickt. Und heimlich an den durchtrainierten Koch gedacht. Lukas' Küsse wischte sie sich aus dem Gesicht.

Sie griff nach dem großen Messer und begann, ihre Einkäufe zu schneiden, zu hacken, zu schälen. Der Griff lag in ihrer Hand – warm und vertraut. Sie hörte nicht auf, bis alle Zutaten in kleinen weißen Schalen aufgereiht vor ihr standen. So hatte sie es vom Starkoch gelernt. Dann holte sie das Fleisch aus dem Kühlschrank. Seit gestern Abend hatte sie es in Rotwein eingelegt, damit es nicht zäh würde. Ja, der Koch hatte ihr auch beigebracht, wie man mit Fleisch richtig umging. „Ein Tier hat sein Leben dafür gelassen, behandle es mit Achtung", hatte er immer gesagt. Und das tat Marie.

Sie nahm die Fleischbrocken aus dem Wein, tupfte sie mit Küchenpapier ab und entfernte sorgfältig das üppige Fett. Dann würzte sie das Ganze mit ein wenig Pfeffer. In einer großen Pfanne erhitzte Marie Öl. Mit einem hölzernen Kochlöffel überprüfte sie, ob die Temperatur richtig war. Am Kochlöffel bildeten sich kleine Bläschen. Marie lächelte zufrieden. Sie briet das Fleisch scharf an und fischte es dann wieder aus dem Öl. Sie summte leise mit, als von der CD ihr Lieblingslied erklang. Sie briet das Gemüse an und ließ es dann zusammen mit dem Fleisch leise vor sich hinköcheln. In der Zwischenzeit machte sie den Nudelteig. Wie hatte der Koch ihr erklärt? „Die Italiener sagen, es gibt nichts Erotischeres als eine Frau, die Nudelteig mit den Händen zubereitet. Sie kann sich nicht wehren …" Dann hatte er ihr gezeigt, was die Italiener damit meinten. Er hatte sich von hinten an sie gepresst, während ihre Hände in dem klebrigen Teig gefangen waren. Während sie weiter den Teig knetete, gab er den Rhythmus vor. Sie stöhnte genussvoll bei der Erinnerung.

Wenig später ruhte der Teig im Kühlschrank. Marie nutzte die Zeit, um sich zu duschen und frische Kleider anzuziehen.

Anschließend deckte sie den großen Esstisch für zwei Personen. Das feine Geschirr, die großen Rotweingläser. Sie dekantierte die *Cuvée X* vom angesagten Weingut *Knipser* in eine Karaffe, so wie der Koch es ihr gezeigt hatte. Aus dem großen Garten holte Marie noch ein paar frische Blumen, legte eine Efeuranke quer über das weiße Tischtuch. Zufrieden betrachtete sie ihr Werk, bevor sie in der Küche verschwand und das Mahl vollendete. Aus dem Nudelteig entstanden breite Nudeln, die feine Soße schmeckte Marie mit einem Schuss des edlen Weins ab. Gerade als sie zur Uhr an der Wand der Küche blickte, klingelte es.

Sie nahm ihre Schürze ab, legte sie zusammen und richtete sich das Haar, während sie zur Tür ging.

„Hallo, Mutter!", begrüßte sie ihre dunkel gekleidete Schwiegermutter, die sich mit einer großen Sonnenbrille vor dem grellen Licht der Sonne schützte. „Komm doch herein. Ich habe uns eine Kleinigkeit gekocht."

Ihre Schwiegermutter kam in die Empfangshalle und folgte ihr in die Küche. Sie half ihr, das Essen in Servierschüsseln zu verteilen, und setzte sich dann zu Marie an den Tisch. Sie begann erst zu reden, als sie den ersten Bissen genommen hatte.

„Das ist einfach köstlich. Ich hätte nie gedacht, dass du jemals das Kochen lernst, so wie du dich gewehrt hast. Du musst Lukas wirklich sehr lieben, wenn du nur für ihn gelernt hast, wie du ihn verwöhnen kannst. Das Fleisch ist ausgezeichnet. Du musst mir verraten, bei welchem Metzger du eingekauft hast."

Marie senkte den Kopf, um ihr Gesicht zu verbergen.

„Ich gebe dir später die Adresse. Verzeih, aber ich weiß sie nicht auswendig. Ich habe gerade so viel anderes im Kopf …" Sie brach ab.

Ihre Schwiegermutter interpretierte ihr Schweigen falsch. Sie lehnte sich zu Marie hinüber und tätschelte ihr mit ihren sehnigen Fingern tröstend den Arm. „Vielleicht gibt es ja eine ganz einfache Erklärung, wo er steckt. Du darfst die Hoffnung nicht aufgeben."

Marie sah ihre Schwiegermutter an. „Er ist seit über drei Monaten verschwunden. Von hier ist er zur Firma gefahren. Und kam nie an. Sein leeres Auto stand auf einem Feldweg hinter dem Reitverein im Bruch. Die Polizei hat in allen Krankenhäusern in der weiteren Umgebung nachgefragt. Die Hundestaffeln haben den Park auf den Kopf gestellt. Dieses Haus hier wurde von unendlich vielen Detektiven überwacht. Wie soll deine ‚einfache Erklärung' aussehen?" Sie machte eine dramatische Pause. „Lukas ist weg. Entweder er will nicht mehr gefunden werden. Oder es ist ihm etwas passiert."

Ihre Schwiegermutter musterte sie hinter der Sonnenbrille. Eine Träne rann unter dem strassbesetzten Rand hervor. Sie presste ihre leuchtend rot geschminkten Lippen aufeinander. Langsam griff sie zu ihrem Weinglas und trank einen großen Schluck. Dann nahm sie noch einmal eine Gabel voll Nudeln und Ragout. Und schließlich, endlich antwortete sie.

„Wahrscheinlich hast du recht. Aber ich bin seine Mutter, ich werde die Hoffnung nie aufgeben. Doch in der Zwischenzeit …“

Marie nickte. Sie wählte ihre Worte sorgfältig.

„Ja. In der Zwischenzeit muss das Leben weitergehen. Wir müssen Entscheidungen treffen. Verzeih mir. Du musst natürlich die Entscheidungen treffen. Ich unterstütze dich bei allem, was du tust.“

Die Schwiegermutter wandte sich wieder ihrem Essen zu. „Lass uns erst dein wunderbares Gericht genießen. Du musst mir unbedingt einmal das Rezept geben.“ Sie kaute, während sie weitersprach. „Dann reden wir über die Zukunft.“

Marie hasste es, wenn jemand mit vollem Mund redete. Also richtete sie ihren Blick wieder stur auf den eigenen Teller. Der gesenkte Blick wirkte tragisch. Die beiden Frauen aßen schweigend.

Erst als beide Teller leer waren, setzte die Schwiegermutter das Gespräch fort.

„Ich war heute Morgen bei unserem Familienanwalt. Die Rechtslage ist eindeutig. Ich habe Lukas die Firma vor Jahren überschrieben. Schon damals haben wir eine großzügige Rentenregelung für mich getroffen. Sollte er …“ Sie schluckte. Nahm einen Schluck Cuvée und hustete, bevor sie fortfuhr.

„Sollte er nicht mehr bei uns sein, dann erbst du alles. Ich behalte nur meine Rente.“

Marie sah Lukas' Mutter schweigend an. Sie hatte sich immer gefragt, wie eine so magere Frau einen so fetten Sohn haben konnte. Nach einer angemessenen Pause – sie zählte heimlich bis 30 – antwortete sie.

„Ich weiß, dass diese Entscheidung schwer für dich ist. Mir fällt es auch nicht leicht. Aber das hier …" Marie machte eine unbestimmte Bewegung, die alles umfassen sollte. Das Haus, die Autos, die Firma. „Das muss verwaltet werden. Die Firma ist wie ein Schiff ohne Kapitän. Lukas fehlt in jeder Beziehung. Ich habe in die Bücher gesehen. Wir müssen Entscheidungen fällen. Jetzt und nicht erst, wenn wir sicher wissen, was mit Lukas geschehen ist."

Die Schwiegermutter wiegte den Kopf. „Ich weiß, ich weiß."

Marie erhob sich und holte den Käse. Dazu reichte sie einen süßlichen Dessertwein. Sie wollte ihre Schwiegermutter zu nichts drängen.

Und endlich, nach dem letzten Käsescheibchen, das hinter den gierigen Lippen verschwand, murmelte die alte Frau. „In Ordnung. Ich werde ihn für tot erklären lassen. Es ist nur eine Formalität, ich weiß. Aber es bricht mir das Herz!"

Marie nickte. „Ich werde mich um die Firma kümmern, als ob er morgen zurückkommen könnte. Das verspreche ich dir! Und ich habe ja immer dich als Beraterin."

Wenig später verabschiedete ihre Schwiegermutter sich. Die beiden Frauen hauchten sich Küsse auf die Wangen. Marie nahm die Hand der Schwiegermutter. Mit fester Stimme sagte sie: „Ich werde mich um alles kümmern, ich verspreche es. Und ich werde Lukas nicht vergessen. Niemals."

Sie sah ihrer Schwiegermutter sinnend nach. Die ging die große Treppe hinunter, stieg in ihren Mercedes und verschwand.

Marie begab sich in die Küche, um aufzuräumen. Sie stellte Teller und Gläser in die Spülmaschine. In der einen Servierschüssel lagen noch ein paar kalte Nudeln, in der anderen schwammen ein paar letzte Fleischbrocken in der Soße.

Marie öffnete den Mülleimer. Ließ erst die Nudeln darin verschwinden, kippte dann das Ragout dazu. Mit energischen Bewegungen knotete sie den Müllbeutel zu und trug ihn zum Mülleimer auf der Straße. Sie warf den Plastikbeutel hinein und ging wieder ins Haus, wo sie sich den restlichen Cuvée einschenkte. Sie lächelte. Nein, sie hatte keine Ahnung, wo Lukas steckte.

Gut, dass die alte Frau sie nicht erneut nach dem Metzger gefragt hatte. Was hätte sie ihr antworten sollen? Dieses Fleisch gab es kein zweites Mal …

Harald Schneider

PALZKI UND DIE TOTEN IN DER FRIEDENSKIRCHE

Es hätte so ein schöner Tag werden können. Kapitalverbrechen gehören verboten. Zumindest am Montag. Aber leider nehmen in unserer schönen Pfalz heutzutage selbst die Verbrecher keine Rücksicht mehr auf Polizeibeamte. Das Wochenende, in früheren Zeiten von Gewerkschaften zur Erholung der arbeitenden Bevölkerung den Arbeitgebern mühevoll abgepresst, hatte schon lange seine diesbezügliche Funktion verloren. Frau und Kinder, die ehrfurchtsvoll zu Hause auf den Familienernährer warteten, um ihm dann einen entspannten und ruhigen Feierabend oder sogar das ganze Wochenende genießen zu lassen – solche Szenen kannte man höchstens noch aus alten Filmen und Berichten der Fünfzigerjahre des letzten Jahrhunderts. Die Ansprüche an das Familienoberhaupt hatten sich seitdem grundlegend gewandelt: Trat der Ernährer freitags spät ab 14 Uhr daheim über die Türschwelle, war es schlagartig vorbei mit der Ruhe. „Daddy, mein Fahrrad ist schon wieder platt", ruft der Sohn aus dem Obergeschoss herunter, ohne sich die Mühe zu machen, seinem Vater persönlich gegenüberzutreten. Ein Hauch von Überraschtsein überkommt mich, als mich meine zwölfjährige Tochter mit einer flüchtigen Umarmung und einem grenzenlosen Lächeln im Flur begrüßt. Die Motivation ihres ungewöhnlichen Tuns erfahre ich Sekunden später. „Gell, du holst mich um Mitternacht von der Party ab? Ist ja auch nicht weit weg, nur in Neustadt. Ach, du musst das noch Mama beibringen, die will mich nämlich nicht auf die Party lassen."

Ich schaffe es, meine Schuhe auszuziehen und halbwegs ins Wohnzimmer zu gelangen. Dort erwartet mich eine genervt dreinblickende Ehefrau. „Hallo, Reiner, gut, dass du schon da bist! Der Abfluss in der Küche ist verstopft, kannst du bitte gleich mal nachschauen? Zum Essenkochen bin ich deswegen leider noch nicht gekommen. Und denkst du nachher ans Rasenmähen? Du hast letzte Woche nicht gemäht – sonst wächst uns das Zeug über den Kopf."

Das sind Momente, in denen jeder Mensch seine Restlebensplanung überdenkt und zu keinem zufriedenstellenden Ergebnis kommt. Schon allein aus einem Grund nicht: Man hat gar nicht die Zeit, gedanklich zu einem Ergebnis zu kommen, denn im Nebenzimmer plärren im gleichen Moment die im Frühjahr geborenen Zwillinge los. „Lisa hat Durchfall", berichtet mir im Vorbeirennen meine Frau Stefanie. „Heute Nacht bist du dran mit dem Windelwechseln", höre ich sie drohend aus dem Kinderzimmer.

Ich hoffe, nachvollziehbar erläutert zu haben, warum Polizeibeamte mit Familie den Montag als Höhepunkt der Woche herbeisehnen. Frühmorgens um elf Uhr gab es die wöchentliche Lagebesprechung, die KPD, wie wir unseren Dienststellenleiter Klaus P. Diefenbach nannten, in einem nicht enden wollenden Monolog zur Selbstbeweihräucherung nutzte. Der erholsamen Stunde, die ich jede Woche im Halb- oder Ganzschlaf genoss, folgte direkt die Mittagspause. Punkt zwölf Uhr stand der Pizza-Lieferdienst an der Pforte und überbrachte sein großes, manchmal auch sehr großes Paket.

Die *Pizza Familia*, die ich mir heute neben Beilagen-Pommes und zwei Cheeseburgern bestellt hatte, lag noch zu etwa zwei Dritteln vor mir, als das Unheil seinen Lauf nahm. KPD kam, ebenfalls kauend, zur Tür herein. „Herr Palzki", vernahm ich undeutlich. „Sie müssen sofort los. Ein Todesfall in Ludwigshafen, höchstwahrscheinlich Fremdeinwirkung. Man erwartet Sie."

Er reichte mir einen Zettel, und eine Sekunde später war er verschwunden. Da das Opfer nun mal bereits tot war, beschäftigte ich mich zunächst mit meiner Restpizza. Nicht vorzustellen, wenn der oder die Tote aufgrund irgendeiner Verletzung übel aussah. Den Rest des Tages konnte ich nämlich nach dem Anblick von übel zugerichteten Leichen jedenfalls nichts mehr essen.

Pappsatt fuhr ich anschließend nach Ludwigshafen-Friesenheim zur Friedenskirche. Die Rundkirche, etwa 80 Jahre alt und nach der Teilzerstörung im Zweiten Weltkrieg leicht verkleinert wieder aufgebaut, war wegen ihrer Formgestaltung berühmt. Der Kirchturm befand sich freitragend auf dem aus zwölf Pfeilern bestehenden Außenskelett, was seinerzeit eine größere Herausforderung für die Statiker bedeutete.

Die Spurensicherung war längst vor Ort, wie ich an der Absperrbandorgie rund um die Kirche und den zahlreichen Einsatzwagen erkennen konnte.

Gewalttaten im kirchlichen Milieu gab es selten. Zuletzt musste ich vor einiger Zeit rund um den Speyerer

Dom und dem Bischöflichen Ordinariat ermitteln. Die Friedenskirche, auf deren Portal ich gerade zuging, gehörte dieses Mal allerdings zur protestantischen Abteilung. Ein mir persönlich bekannter Schutzpolizist kam mir mit einem latent provozierenden Blick auf seine Armbanduhr entgegen. „Kummen Se mit, Herr Palzki, ich zeig Ihnen de Weg noch owwe."

In der großen Eingangshalle gingen wir eine geschwungene Treppe nach oben, die eher nach Theater als nach Kirche aussah. Oben angekommen, konnte ich nur staunen.

„Gell, do gucken Se, Herr Palzki", sagte mein Begleiter. „Vun inne wirkt die Kerch viel greßer als vun auße. Do gehen iwwer 700 Leit nei."

Durch die fehlenden Stützpfeiler, wie ich es aus anderen Kirchen kannte, wirkte der runde Innenraum fast wie ein gigantisches Ufo. Auch gab es keine gewöhnlichen Kirchenbänke sondern eine richtige Theaterbestuhlung mit gepolsterten Sitzen.

„Gehn mer weiter nuff?", fragte der Beamte. Jetzt erst drehte ich mich um und erblickte die Orgel im hinteren Bereich, die sich auf einer Empore gemeinsam mit einigen Logenplätzen befand. Sportlich, wie ich war – auch wenn meine Frau und alle anderen stets das Gegenteil behaupteten –, erklomm ich die Orgelempore ohne größere Anstrengungen. Hier wuselten einige Spurensicherer herum, und ich erkannte schließlich, dass das Orgelgebilde durch eine seitliche Tür begehbar war. Begehbar war vielleicht etwas zu viel gesagt, immerhin konnte man in gebückter Haltung mitten durch die Apparaturen,

Gestänge, Schlauchleitungen und Orgelpfeifen hindurchkriechen. Aufgrund meines vollen Magens verzichtete ich darauf, die Orgel von innen zu begutachten.

„Da drin liegt der Tote?“, fragte ich meinen Begleiter.

Er schüttelte den Kopf. „Es is ä Fraa, Herr Palzki. Wollen Se mol nei in de Kaschte?“

Jetzt schüttelte ich den Kopf. „Ich will die Arbeit der Kollegen nicht unnötig behindern. Was ist genau passiert?“

„Dess wissen mer a noch net. Do drin isses mordsmäßisch eng. Die Fraa is mit ähm Hammer erschlache worde. Ob das do drin in de Orchel war, wisse mer noch net. Die Kollesche sinn noch bei de Unnersuchung. Erscht wenn die ferdisch sinn, ziehe mer die Fraa raus.“

„Weiß man bereits, wer das Opfer ist?“

„Eijo, wissen mer dess. Dess is, äh, war, die Sigrid Vogt, die Organistin vun derre Kerch do.“

Seit meinen Ermittlungen im Speyerer Dom wusste ich natürlich, dass ein Organist nichts mit Organhandel zu tun hatte, sondern den Orgelspieler bezeichnete. In diesem Fall die weibliche Form.

„Wer hat die Tote gefunden?“

Der Beamte zeigte auf einen kreidebleichen Mann, der auf einem der Emporenstühle saß und sich mit einer Frau unterhielt. Ich ging auf die beiden zu.

„Guten Tag, mein Name ist Reiner Palzki. Darf ich Ihnen ein paar Fragen stellen? Sie haben die Organistin gefunden?“

Er stand auf und gab mir die Hand. „Ja, ich heiße Manfred Storck und bin unter anderem für das

Veranstaltungsmanagement unserer Kulturkirche zuständig. Das ist meine Kollegin Christa Jung."

„Veranstaltungsmanagement? Kulturkirche?", fragte ich zurück. Irgendwie war hier vieles nicht so, wie ich es von anderen Kirchen her kannte.

Storck nickte eifrig. „Bei uns werden nicht nur Gottesdienste gefeiert. Wir bieten auch ein reichhaltiges Kulturangebot. *Die Prinzen* waren zum Beispiel schon zweimal bei uns. Aber auch viele andere Veranstaltungen richten wir aus, bis hin zu Krimilesungen."

Ich verzog meine Mundwinkel. Ausgerechnet Krimilesungen. So etwas würde ich mir bestimmt nicht antun. „Erzählen Sie mir, wie Sie die Tote gefunden haben."

Storck liefen ein paar Tränen über das Gesicht. „Bei meinem Rundgang durch die Kirche fiel mir auf, dass die Seitentür der Orgel aufstand. Ich bin hoch und wollte die Tür gerade schließen, als ich im Innern einen Schuh entdeckte. Ich leuchtete mit meiner Taschenlampe, die ich immer dabei habe, hinein und entdeckte Sigrid. ich habe sofort den Notarzt und die Polizei informiert." Seufzend ließ er sich wieder auf seinen Stuhl nieder.

„Herr Palzki!", rief in diesem Moment ein weiterer Beamter. „Wir haben etwas Interessantes gefunden." Er kam näher und gab mir eine Plastiktüte, in der sich viele weitere kleine Tütchen befanden, die allesamt mit einem Pulver gefüllt waren.

„Drogen?"

„Vermutlich", antwortete er. „Ich lasse es gleich ins Labor bringen."

Eine Organistin mit Drogen, dachte ich. Sehr ungewöhnlich. Und warum hatte der Täter das Pulver nicht mitgenommen? Ging es um etwas anderes? Mir bleibt wohl nichts anderes übrig, als die Berichte der Kollegen abzuwarten. Mit einer letzten Frage wandte ich mich an Herrn Storck.

„Ist Ihnen bei der Organistin in der letzten Zeit etwas aufgefallen? Merkwürdigkeiten, die Sie sich nicht erklären können? Vielleicht im Zusammenhang mit Drogen?"

„Drogen?", fragte der Veranstaltungsmanager überrascht. „Nein, Sigrid hat mit so etwas ganz bestimmt nichts zu tun. Die war extrem bieder und konservativ. Sie war weder verheiratet noch hatte sie Kinder. Sie konnte aber Orgel spielen wie keine andere."

„Das mit den vielen Reparaturen in den letzten 14 Tagen war aber schon auffällig", bemerkte Christa Jung. „Fast jeden zweiten Tag steckte sie im Orgelkasten, um irgendwelche Reparaturen durchzuführen. Sie hatte zwar auf jede Frage eine passende Antwort, so ganz plausibel war das aber nicht."

Zwei Stunden später saß ich in meinem Büro in der Dienststelle und dachte nach. Ludwigshafen war eigentlich noch nie ein besonderer Brennpunkt bei Drogendelikten gewesen. Auf der anderen Seite: Gab es eine bessere Tarnung als eine unverdächtige Kirche? Zumal es eine Kirche war, die für ihr vielfältiges Veranstaltungsangebot bekannt war. Ohne Verdacht zu schöpfen, könnte das entsprechende Klientel die Kirche aufsuchen und ihren Deal machen. Ich notierte mir, sicherheitshalber den

Pfarrgarten nach verdächtigen Anpflanzungen absuchen zu lassen, man weiß ja nie.

Der Feierabend war wie immer. Zuerst räumte ich das Chaos in der Garage auf, weil Paul auf die Idee gekommen war, dort ein Baumhaus aus Winterreifen, den Bierzeltgarnituren und den Getränkekisten bauen zu wollen. Danach beseitigte ich den täglichen Hundehaufen der sogenannten Tierliebhaber auf unserem Gehweg. Nach dem Abendessen kam unsere Nachbarin, die redeextreme Frau Ackermann, auf einen Sprung vorbei, um uns mitzuteilen, dass sie sich neue Vorhänge für die Küche gekauft hatte. Als sie kurz vor Mitternacht schließlich ging, war der Tag bereits Vergangenheit.

Dienstage sind eine heikle Sache. Meist ist nicht viel los, und wir können uns im Büro um die wichtigen Dinge des Beamtendaseins kümmern: das Entkalken der Kaffeemaschine, das Leeren des Lochers, einen Preisvergleich bei den hiesigen Pizza-Lieferdiensten durchführen und weitere, existenziell relevante Aufgaben. Wenn es dumm lief, kamen irgendwelche Störfeuer hinzu, verursacht durch kriminelle Elemente in unserem Zuständigkeitsgebiet. Durch den gestrigen Montag war der normale Wochenablauf gehörig durcheinandergeraten, und die diversen Berichte der Kollegen landeten gefühlt im Minutenrhythmus auf meinem Schreibtisch. Da ich immer um Effizienz bemüht bin, beachtete ich die Akten zunächst nicht weiter und stapelte sie lediglich in einem Ablagekorb. Erst wenn alles komplett war, würde ich mich mit meiner geballten kriminalistischen Erfahrung auf den Fall stürzen. Doch leider kam es anders. KPD riss die Tür meines Büros auf.

„Was haben Sie jetzt schon wieder angestellt, Palzki?", donnerte er ohne Begrüßung los. „Kann man Sie nicht einmal alleine nach Ludwigshafen zu einem ganz normalen Mordfall schicken? Wie haben Sie die Aufnahmeprüfung zum höheren Dienst geschafft?"

Da ich KPD kannte und wusste, dass dies sein normaler Umgangston den Untergebenen gegenüber war, reagierte ich nur mit einem lässigen „Was ist passiert?"

„Was passiert ist?", brauste er auf. „Gestern eine Tote, und Sie waren als Ermittler am Tatort. Und heute schon wieder ein Toter in der Friedenskirche – wo soll das hinführen?"

KPD tat so, als wäre meine Anwesenheit ursächlich für die Toten. Ich stand auf. „Wen hat es denn dieses Mal erwischt?"

Mein Chef zuckte mit den Achseln. „Keine Ahnung, das müssten Sie eigentlich wissen. Sie waren doch gestern vor Ort! Oder waren Sie die ganze Zeit an der Imbissbude gegenüber der Kirche gestanden, während die anderen die Arbeit gemacht haben?"

Ohne eine Antwort zu geben, verließ ich mein Büro. Warum kam es nicht mal zu einem unerklärlichen Todesfall in unserer Dienststelle? Falls es, natürlich nur rein zufällig, KPD erwischen sollte, würde ich die Ermittlungen übernehmen und blöderweise nie zu einem Resultat kommen. Wäre ja noch schöner, einen Wohltäter vor Gericht zu stellen!

Mit solchen abstrusen Gedankengängen schluckte ich meinen Ärger über KPD herunter, während ich nach Friesenheim fuhr. Ich überlegte, tatsächlich einen kurzen Abstecher zum Imbiss zu machen, entschied mich dann aber dagegen.

Heute wurde ich trotz ähnlicher Absperrung wie gestern nicht empfangen. Erst als ich in der Kirche die imposante Treppe nach oben nehmen wollte, rief jemand von unten: „Wo wollen Se denn hi? Do unne sinn mir."

Ich drehte um und nahm die Treppe zum Kellergeschoss. Auch hier gab es einen großzügigen Vorraum. Ein Schild mit der Aufschrift „Toiletten" zeigte auf einen breiten Durchgang. Dort stand der dialektsprechende Kollege von gestern. „Dass mer uns so schnell widder sehe, hätt isch net gedenkt. Kumme Se mit."

„Zu den Toiletten?", fragte ich neugierig.

„Ach, was", winkte er ab. „Mer missen do hinnere, um zu de Katakombe zu kumme."

Ich war auf vieles vorbereitet, aber auf das, was sich mir bot, als der Kollege eine Metalltür öffnete, nicht. Die komplette vordere Hälfte des Kirchenrundes bestand aus einem einzigen Raum und sah absolut beängstigend aus. Alle paar Meter standen, scheinbar völlig ungeordnet, mal dicke Pfeiler aus Beton und mal dünnere aus Ziegelsteinen und trugen offensichtlich die Last des gesamten Gebäudes. Die Decke und die Außenwand waren im Rohzustand, und hier und da blitzten Armierungseisen durch. Bis auf den hinteren Teil, der mit grellen Scheinwerfern ausgeleuchtet war, lag der Raum im Halbdunkel.

Am Ende der Katakomben sah ich den Schlamassel: eine männliche Person mit eingeschlagenem Schädel.

„Weiß man schon, wer der Tote ist?"

„Eijo, dess is de Herbert Knifflinger, der war do in de Kerch Pressbitter oder wie ma do so sagt."

In dem Moment nahm ich Manfred Storck und Christa Jung wahr, die abseits standen und wenig erbaut wirkten. „Guten Tag", begrüßte ich die beiden. „Wer hat die Leiche heute gefunden?"

Storck schaute verlegen zu Boden. „Ich schon wieder. Es ist wie verhext."

„Was wollten Sie hier unten? Soviel ich sehe, ist der Keller leer. Von dem Graffiti in der hinteren Ecke mal abgesehen."

„Da haben früher Musikbands geprobt", klärte er mich auf. „Bei meinem Rundgang heute Morgen ist mir die offen stehende Tür aufgefallen. Normalerweise ist sie immer abgeschlossen, es gibt auch nur diesen einzigen Zugang. Dann habe ich festgestellt, dass die Beleuchtung ausgefallen ist." Er deutete auf einige Leuchtstofflampen, die ausgeschaltet waren. „Die wurden erst vor wenigen Wochen installiert, als das Bodenfundament eingebracht wurde. Vorher gab es in den Katakomben nur zwei provisorische Notleuchten. Alles war hier unten voller Schutt und Gerümpel."

„Und wie haben Sie den Toten gefunden?"

„Ich wollte wissen, was los ist, und bin mit meiner Taschenlampe rein. Ich war schon tausendmal in diesem Keller. Und hier, in der hintersten Ecke, fand ich unseren Presbyter Herbert Knifflinger."

„Herr Palzki?" Ich blickt mich um und glaubte, ein Déjà-vu zu haben: Einer der Spurensicherer hielt eine Plastiktüte in der Hand, in der sich viele kleinere Tütchen mit Pulver befanden. „Haben wir unter dem Körper gefunden."

„Der auch?", fragte ich überrascht. Ist die Friedenskirche eine Drogenhochburg? So ganz schien mir die Geschichte nicht zu gefallen, die Drogentüten waren zu offensichtlich.

„Wie lange ist der schon tot?"

Der untersuchende Arzt blickte kurz zu mir auf.

„Nicht länger als drei oder vier Stunden."

Damit stand fest, dass die Toten in der chronologisch richtigen Reihenfolge aufgefunden wurden. Ich wandte mich an Herrn Storck. „Wissen Sie inzwischen, warum die Leuchten ausgefallen sind?"

Er nickte. „Jemand hat die Sicherung herausgedreht. Die Spurensicherung hat mir allerdings verboten, eine neue reinzudrehen. Die wollen erst den Sicherungskasten unter die Lupe nehmen."

Ich beschloss, die Katakomben zu verlassen. Ein Raum, in dem man Horrorfilme drehen konnte, war kein Ort, in dem ich mich gerne aufhielt.

„Herr Storck, Frau Jung, ich werde mich bei Ihnen melden, sobald ich die Untersuchungsberichte habe. Kann ich Sie morgen erreichen?"

Die beiden nickten, und Herr Storck überreichte mir seine Visitenkarte. Jetzt aber rüber zur Imbissbude, dachte ich und atmete auf. Hoffentlich geht die Woche nicht so weiter.

Während Kriminalhauptkommissar Reiner Palzki den einen oder anderen Cheeseburger verdrückte, kam es gegenüber der Straße in der Kirche zu einem vertraulichen Gespräch.

„Das haben wir prima gemacht, Christa", flüsterte Manfred Storck seiner Begleiterin zu. „Niemand wird uns auf die Schliche kommen. Damit haben wir drei Fliegen mit einer Klatsche erschlagen."

„Ich bin wirklich froh, dass wir nun endlich die blöden Drogen los sind, die wir während der Renovierung der Katakomben gefunden haben", antwortete Christa Jung ebenso leise und ergänzte: „Und den beiden nervigen Kollegen weine ich auch keine Träne nach."

Manfred Storck lächelte etwas verstohlen. „Dass man jemanden so leicht aus dem Weg räumen kann, hätte ich nicht gedacht. Aber das Beste ist, dass wir mit unserer kleinen privaten Aktion deutschlandweit in die Presse kommen. Das Fernsehen kommt nachher auch vorbei. Vergiss bitte bei den Interviews nicht, deutlich auf unsere Veranstaltungen hinzuweisen."

Ulrich Magin

HÖHERE GEWALT

Ein Römerkrimi aus Ungstein

1

Wenn er endlich Ruhe hatte und sich hinlegte, schloss er die Augen und träumte von hohen Dattelpalmen, die sich sanft im Wind wiegten. Er träumte, wie er in seiner Kindheit die Stämme hochgekraxelt war, behände wie ein Äffchen, um die Datteln zu pflücken – über sich das breite blaue Zelt des Himmels und unter sich den leuchtend weißen Korallenstrand und den Schaum auf den Wogen des Meeres.

Er roch natürlich kein Salz in der Luft und spürte auch den leichten Windhauch des Meeres nicht. Aber überall duftete es nach der erfrischenden Feuchte des Regens, nach nassen Rebenblättern. Er musste jetzt aber hellwach sein. Das hier war natürlich etwas völlig anderes, auch pflücken ließ es sich nicht so einfach wie Datteln.

Er tastete nach oben, um zu sehen, ob sie sich bereits bewegen ließen. Ja, sie gaben nach. Noch ein, zwei Nächte, und sie waren sein.

Er hatte keine Angst, er empfand sich als Anhänger dieses neuen Gottes aus dem Osten. Von dem wusste er zwar nichts, aber jeder raunte von ihm. Manchmal ist alles besser als der Status quo.

Wie wohl am Tag die Aussicht von hier wäre? Tagsüber durfte er nicht klettern. Vom Hof unten sah man aber an klaren Tagen die lange Reihe weiß getünchter Gutshöfe, die sich wie die Zähne schwarzer Mädchen in einer Kette von den Bergen bis zum Rhenus[1] hin zogen. An besonders klaren Tagen erkannte man sogar Noviomagus[2]. Dort hatte er gelebt, bevor man ihn hierhergeschleppt hatte. Vor diesem unglückseligen Würfelspiel seines vorherigen Herrn. Das sein jetziger Besitzer gewonnen hatte, das fette Schwein mit dem dröhnenden Lachen, dem Hass auf Sklaven, Bildung, Lebensart.

Er glitt hinunter und schlich über das Pflaster zurück in seine Kammer. Er hielt seine Deckung, verharrte, wenn der Mond durch die Wolken brach, schlich erst weiter, wenn es wieder völlig dunkel geworden war. Endlich – die Kammer. Sein Herz pochte wie wild. Nicht auszudenken, was geschah, wenn sein Herr ihn überraschte. Sein ganzer Körper schmerzte noch von den letzten Peitschenhieben.

Jetzt durfte die Türe nicht knarren. Niemand durfte ihn hören. Doch darin hatte er bereits Übung.

Noch ein- oder zweimal musste er nachts hinaus, dann sollte er erreicht haben, was er erreichen wollte.

Noch ein- oder zweimal.

Auf eine seltsame Art und Weise wäre er dann frei.

2

Wie warm sie roch! Und wie gut es tat, ihr nahe zu sein. Er hob seine Lippen ganz eng an ihre Ohren und flüsterte: „Der alte Saufbold kann dir jetzt nichts mehr tun, Sirona!“

1 Rhenus = Rhein
2 Noviomagus = der keltische Name von Speyer

„Und dir auch nicht, Nubius“, hauchte sie und befühlte zärtlich die Narben auf seinem Rücken.

Es würgte sie, wenn sie daran dachte, wie ihr Herr sturzbesoffen, sein Eselsgemächt entblößt, zu ihr in die Kammer getorkelt war.

Sie seufzte.

„Geht es dir gut, Liebe?“, fragte er sie.

„Ja“, antwortete sie sanft, „mir geht es gut. Gerade bin ich, Epona sei Dank, aus diesem langen, langen Albtraum erwacht.“

Er zog die Decke über sie. Sirona war ein echtes Kind des Landes. Ihr Gallisch so breit, dass er kein einziges Wort verstand, ihr Latein eine Mischung aus diesem Gallisch und gallisch ausgesprochenen lateinischen Wörtern. Und überall mischte sich ein schäumendes „Sch“ in die Laute.

„Hätte dich dein Herr bloß nicht beim Würfelspiel verloren!“

„Er war eben ein guter Herr mit einem schlechten Laster … Aber so sind wir uns begegnet, und wer will da böse sein?“

Er erinnerte sich an die schlimme Nacht. Es schien Jahre her zu sein, vor Millionen von Schlägen und Hieben. Man hatte ihn ausgebildet in Lesen und Schreiben, in Griechisch und Konversation. Ein flinker Geist bedeutet nicht immer eine flinke Hand. Sein neuer Herr schickte ihn in den Weinberg und ließ ihn dort schuften. Jedes Mal, wenn er einen Fehler machte, ließ er die Peitsche auf ihm tanzen. Hier hatte er einen Schnitt zu tief angesetzt, dort zu hoch, hier zu viel bewässert, dort zu wenig, die Hände waren nicht schwielig genug und dann wieder zu schwielig, als wollte sein Sklave ihn täuschen. Nichts stellte den Herrn zufrieden. Stets strafte er, und das mit großer Lust. Und wenn er erst betrunken war!

Dann kam er, nachdem er sich Appetit angeprügelt hatte, zu Sirona in die Kammer – und was er dann mit der hübschen kleinen Gallierin tat, das konnte sie ihm nicht erzählen, so sehr schämte sie sich.

Und da hatte er beschlossen, etwas dagegen zu tun.

Und er hatte über ein halbes Jahr daran gearbeitet.

Nun hatte er es also vollbracht!

„Morgen früh werde ich den Aedil[3] verständigen müssen."

„Er wird dich durchschauen ..."

„Keine Bange – wenn es um Sklaven geht, sehen Römer nicht weiter als bis zu dem Brett vor ihrem Kopf."

Er betrachtete Sirona, die wieder eingeschlafen war, wie sich ihr Brustkorb in regelmäßigen Atemzügen hob und senkte, endlich in Frieden. Ich werde diese wenigen Stunden genießen müssen, dachte er, wer weiß, was mit uns geschehen wird.

3

Der Aedil Iunius Brutus betrat den Gutshof, in seiner wichtigen Toga, unrasiert, mürrisch – wer will schon um die erste Stunde – und dann noch von einem Sklaven – gerufen werden?

3 Ein Aedil war ein niederer, für die öffentliche Ordnung zuständiger Beamter.

„Aedil, hallo, Aedil – ist viel geschehen, was ganz arg schlimm. Ist Meister tot! Ist Meister tot!“ Mit diesem Schrei auf den Lippen war der nubische Sklave auf ihn zugelaufen, mit verrollten Augen, wie nur diese afrikanischen Burschen gucken konnten.

Dann hatte er ihn hierher gezerrt, in gebückter Haltung, zu diesem heruntergekommenen Weingut, und der aufgedunsene Winzer lag inmitten des Atriums, in einer Lache seines eigenen Bluts, einen goldschimmernden Blitz in sein Herz gerammt, einen zweiten in sein Genital.

Brutus erinnerte sich, dass er diese Blitze schon einmal gesehen hatte. Er sah aus dem Fenster in den Vorhof. Dort erhob sich die Säule.

Er blickte die 50 Fuß hohe Monstrosität empor – es war eine dieser neumodischen Iuppiter-Giganten-Säulen, die sie jetzt überall aufstellten. Ihm gefielen sie nicht, das war so ein gallisches Gemisch, das ihm nicht behagte. Warum nur beließ man es nicht beim Schönen, Edlen, Römischen? Er trug den Namen des ersten Konsuls von Rom und er trug ihn mit Würde.

Da waren die vier Götter, dann die sieben Götter der Wochentage, darauf türmten sich fünf Trommeln, und ganz ober, auf dem korinthischen Kapitell, Iuppiter auf einem Hengst, der einen Giganten niederreitet. In seiner Hand, die sonst drei goldene Blitze umklammerte, fand er nichts – nur ein Loch.

Da also kamen die Blitze her! Aber wie war es dazu gekommen, dass sie nun den Winzer durchlöcherten, dass er durch sie zu Tode gekommen war? Es gab kein Weib, das er fragen konnte, der Gutsbesitzer war ein Einzelgänger gewesen, und wer ihn kannte, war ihm wohlweislich aus dem Weg gegangen. Es blieb nur, die Sklaven des Mannes zu befragen.

Einer davon war dieser Neger. Hoffentlich brachte er aus dem ein einziges gescheites Wort heraus!

4

Als der Aedil den Sklaven zum Tatort rufen ließ, kam der tumb zu ihm geschlichen und polterte gleich unverständlich und aufgeregt etwas auf Afrikanisch.

„Ich kann mir vorstellen, dass dein Herr keine besondere Freude an dir hatte!", schnaufte der Aedil genervt. Es hatte angefangen zu regnen, ein warmer Regen zwar, aber dennoch hätte der Aedil lieber zu Hause in der Stube gesessen, ein hübsches philosophisches Buch in der Hand, als dem Tod dieses Nichtsnutzes nachzuspüren.

„Ich guter Mann – nur Herr strenger Herr!"

Nubius verbeugte sich unbeholfen vor dem Aedil, und der musste grinsen.

„Na, komm schon, erzähle mir, was geschehen ist."

„Das ganz unheimlich!"

„Was war?"

„In Nacht, viel Geschrei. Habe gehört Meister, er ruft: Nein, geht nicht an meinen Weinkeller! Ist nur für mich, nicht mal für Gott! War ganz laut."

„Und du eiltest ihm zur Hilfe?"

„Ich bis zur Tür."

„Und dann?"

„Ich stehe an Tür."

„Gingst du hinein?"

„Ich dann in Hof. Und da Licht-Mann ganz groß. Auf Gaul. Mitten in Stube und Gaul ganz hoch aufgebäumt und über dem Herrn, der ganz klein und zusammengekauert unter ihm. Hebt der strahlende Mann Faust und ballt sie über meinem Herrn. Und dann blitzt wie Unwetter und Herr dann tot! Mausetot! Und heller Mann fliegt weg in Himmel und sagt viele Worte, die ich nicht verstehe."

Donner und Lichterscheinungen, Worte, die der nubische Sklave nicht verstand. Die fehlenden Blitze des Iuppiters auf der Säule. Das Gehirn des Aedils begann zu arbeiten, präzise. Mit römischer Logik.

„Da viel Donner, Herr!", flüsterte Nubius und verdrehte die Augen.

„Geh mit mir hinaus in den Vorhof."

Wie ein Schäfchen folgte Nubius dem Aedil.

„Merkst du da etwas?"

Nubius reckte seinen Kopf hoch und öffnete die Augen vor Schreck noch weiter: „Sind keine Blitze mehr da!"

„Kann jemand dort hochklettern?"

„Nein – zu viel hoch. Und oben Gott!", hauchte Nubius so ehrfurchtsvoll wie einfältig, verdrehte die Augen und senkte sein Haupt.

„Das stimmt wohl", murmelte der Aedil und nickte.

„Warum denkst du, hat Iuppiter nur zwei der drei Blitze verwendet?"

„Vielleicht wenn noch einmal böser Mann kommt?"

5

Tief gebeugt saß der Aedil über seinen Schriften. Der Ort war seit Urzeiten heilig, an dem Iuppiter einen seiner Blitze einschlagen ließ. Am Flug der Vögel konnte man erkennen, wie sein eigenes Geschick und das Geschick des gesamten römischen Reiches sich entwickeln konnte. In den Eingeweiden der Tiere konnte man lesen wie im Report von der jüngsten Sitzung des Senats. Es war schon oft vorgekommen, dass man die Zwillingsgötter Castor und Pollux gesichtet hatte, die vor einer Entscheidungsschlacht auftauchten und den Römern unter die Arme griffen. Hier, der modische Philosoph Cicero hatte ein ganzes solches Buch über das Wesen der Götter geschrieben und solche Erscheinungen gesammelt. Es wurde selbst nach einhundert Jahren noch gelesen und diskutiert; gerade hier, in der Provinz. Wer mitreden wollte, musste es gelesen haben.

Warum sollte nicht auch Iuppiter, der Größte und Höchste, einmal von seiner Säule herabkommen, selbst wenn es ein solch abscheuliches architektonisches Ungetüm war, und einen alten Saufbold niederstrecken, der wer weiß wie oft schon seine Käufer mit gepantschtem Wein betrogen und die Steuer an den römischen Staat hinterzogen hatte?

Ausschließen ließ es sich nicht.

Das war immer noch vernünftiger als die Annahme, ein Sklave habe sich der gesamten natürlichen Weltordnung widersetzt und seinen Herrn erschlagen. Und dann auch noch ein solch einfältiger Afrikaner!

Und so schloss der Aedil seinen Untersuchungsbericht mit dem einfachen, aber kaum bestreitbaren Urteil: „Höhere Gewalt durch Iuppiter!"

Und weil der Mann keine Erben gehabt hatte, waren die Sklaven sofort freizulassen.

6

„Der größte Vorzug des römischen Gemeinwesens aber", so hatte der griechische Autor Polybios einst geschrieben, „scheint mir in ihrer Ansicht von den Göttern zu liegen, und was bei anderen Völkern ein Vorwurf ist, eben dies scheint die Grundlage des römischen Staates zu bilden: eine beinahe abergläubische Gottesfurcht."

Nubius schlief, den dritten Blitz fest umklammert. Neben ihm schlummerte Sirona, friedlich, erlöst, frei. Wieder erklomm er im Traum Palmen im Meereswind, aber die Datteln pflückte er für Sirona, die unten auf ihn wartete, in der einfachen Fischerkate am weißen Korallenstrand. Vielleicht würden sie morgen nach Süden aufbrechen, vielleicht würden sie hierbleiben und unter den guten Menschen, den braven Galliern, ein brauchbares Gut erwerben und bewirtschaften.

Seinem verstorbenen Herrn aber wollte er einen kleinen Stein errichten lassen, für Gaius Secundus, „vom Iuppiter geliebt".

Uwe Löhmann

SELBST SCHULD

1

Ich weiß, das ist normalerweise nicht Ihr Sachgebiet, Gerber, aber sie hat ausdrücklich nach Ihnen verlangt. Und fassen Sie sie mit Samthandschuhen an. Ihr Mann ist einer unserer besten Kunden!"

„Mach ich, Chef! Verlassen Sie sich auf mich!"

Ich schlich mit dem VW Polo, den man mir freundlicherweise als Firmenwagen aufs Auge gedrückt hatte, langsam die Weinstraße entlang und nuckelte vor einer Bäckerei, die auf dem Weg lag, zur Beruhigung noch langsam einen *Espresso to go*. Als ich dann aber vor dem riesigen Haus in Neustadt-Diedesfeld parkte und den Motor ausschaltete, fragte ich mich, ob ich meinem Brötchengeber da nicht zu viel versprochen hatte.

Sieglinde Untertaler war als männerfressende Emanze in der gesamten Agentur verschrien, und dass ihr Mann einer der besten Kunden unserer Firma war, machte die Sache nicht einfacher. Die meisten von uns hatten schon in der von Pool, Park und Dünkel umgebenen Villa als Personenschützer zu verschiedenen Anlässen gearbeitet und die Schnauze bereits nach dem ersten Mal von der Familie voll. Allerdings schien der Alte, seinen Auftritten in diversen Neustadter Kneipen nach zu urteilen, auch nicht unbedingt im reinen Glück zu leben.

Auf mein Klingeln hin öffnete mir ein dienstbarer Geist die metallverkleidete Tür und führte mich ins kathedralenartige Wohnzimmer mit überdimensioniertem Kamin und nutzlos in der Ecke stehendem Flügel.

Sie schwebte auf einer Parfümwolke und goldenen Pumps in den mir von mehreren Einsätzen als Bodyguard vertrauten Raum. Für ihre Mitte vierzig hatte die Untertaler immer noch eine tolle Figur und wusste auch, wie man sie in Szene setzt.

Sie kam gleich zur Sache. „Mein Mann betrügt mich, und Sie müssen herausfinden, wer das Nüttchen ist, aber diskret! Und Sie erstatten ausschließlich mir Bericht – das ist mit Ihrem Chef so abgesprochen."

„Ich kann mir gar nicht vorstellen, dass irgendein Mann Sie betrügen könnte, Frau Untertaler. Eine bessere Frau als Sie kann sich doch kein Mann wünschen …"

Im Dienste unserer Firma hatte ich schon mehrfach gelogen, aber heute bewegte ich mich am Limit.

„Natürlich nicht, er betrügt mich ja auch nicht im eigentlichen Sinn", mit divenhafter Geste entzündete sie eine Zigarette, „er hat nur mit irgendeiner Schlampe Sex. Ansonsten betet er den Fußboden an, auf dem ich gehe, und würde nie etwas tun, das ich ihm nicht erlaube."

„Wie hoch ist eigentlich sein IQ?"

Obwohl ich den Satz völlig unverfänglich klingen ließ, wusste ich im selben Moment, dass ich einen Fehler gemacht hatte.

„Sein IQ? Ich weiß nicht, was Sie mei…"

Sie lief rot an und warf die Zigarette auf den blitzblanken Fußboden.

„Wie können Sie das wagen? Das ist eine Unverschämtheit und Ihr Chef wird von mir hören!

Das ist mehr als nur eine dieser typisch männlichen, gefühllosen Rohheiten, das ist … das ist …"

Sie zitterte und setzte einen Moment aus, was ich nutzte, um im Laufschritt das anzutreten, was Clausewitz angeblich als das schwierigste Manöver im Krieg bezeichnet hat: den geordneten Rückzug aus unhaltbarer Position.

*

Auf dem Rückweg ins Büro überlegte ich mir mehrere Verteidigungsstrategien, aber ich gab keiner eine reale Chance. Sollte ich meinen Job behalten wollen, würde es auf einen umfassenden Kotau bei Frau Untertaler hinauslaufen, ganz egal, was mein Chef wirklich dachte, denn Herr Untertaler war, wie schon gesagt, einer unserer besten Kunden.

Sein Gesicht hatte den Ton frisch gepflückter Himbeeren und der Kragen war offensichtlich eine Spur zu eng für die Situation. An sich hatte ich nichts gegen Heismann, der als eine Art Abteilungsleiter das Neustadter Büro der *Your Sec*, eine der größten privaten Ermittlungsagenturen Deutschlands, leitete. Er tat eigentlich nichts weiter als seine Arbeit, und die war eben nicht immer leicht.

„Haben Sie eigentlich einen an der Waffel, Gerber?" Er glotzte mich an. „Ich musste dieser Frau durch den Hörer bis in den Arsch kriechen, um sie davon abzuhalten, ihrem Mann von Ihrem Auftritt zu erzählen!"

„Die Frau hat einfach keinen Humor, Chef! Ich wollte nur die Situation auflockern, aber …"

Er schlug mit der flachen Hand auf den Tisch. „Das werden Sie mir büßen! Sie werden sofort einen Riesenblumenstrauß kaufen und dann …“

Den Rest hörte ich nicht mehr, denn mein Geist schweifte ab in andere Gefilde, und ich betrachtete die Vorhänge, die bis auf den Boden reichten, die planlos an der Wand verteilten Gemälde und die Aussicht, die man von der Hambacher Höhe auf einen Teil jener Stadt hatte, die angeblich eine der höchsten Millionärsdichten in Deutschland aufweist. Als er wieder bei mir war, hatte ich das sichere Gefühl, dass ein Kotau etwas zu viel Kot und vor allem zu viel Au enthielt.

„ … wenn Sie also Ihren Job behalten wollen, Gerber“, nahm ich Heismann jetzt wieder wahr, „sollten Sie sich ganz klein machen und genau das tun, was ich Ihnen sage!“

Er schnaufte und sah mir mit der vollen Autorität seiner Stellung ins Gesicht.

„Wissen Sie was, Heismann?“ Ich spuckte ihm meine Verachtung auf den getufteten Langflorteppich. „Nehmen Sie Ihren Scheißjob, stecken Sie ihn sich in den Arsch und zünden Sie ihn an!“

Das Geblöke, das mich aus dem schallgedämpften Raum bis zum Fahrstuhl begleitete, nahm ich nur noch als Hintergrundrauschen wahr, ich war mit Wichtigerem beschäftigt, ich musste nachdenken.

Als der Fahrstuhl im Erdgeschoss aufsetzte, wusste ich, was zu tun war.

Ich musste die Front verkürzen!

2

„Ich kann Johanna nicht einfach den Reitunterricht wegnehmen, das geht gar nicht! Sie wird furchtbar darunter leiden – hast du denn dafür gar kein Verständnis?“ Sie sah mich verständnislos an. Meine geschiedene Frau tat das, was sie am besten konnte, sie appellierte an den verständnisvollen Exmann und Vater in mir.

„Wenn Du nicht willst, dass ich demnächst an einer Gallenkolik krepiere“, versetzte ich, „was meine Alimente auf Null drücken würde, wirst du dich mit dem gesetzlichen Mindestsatz begnügen müssen, Kerstin, zumindest für einige Zeit.“

Es ist beileibe nicht so, dass meine Verflossene sich zu fein zum Arbeiten war, aber das, was sie halbtags als Angestellte einer regionalen Zeitung verdiente, reichte eben nicht für den wenigstens halbwegs gehobenen Weinstraßenlebensstil, den sie so schätzte. Und da wir uns einigermaßen gütlich getrennt hatten, zahlte ich ungefähr das Doppelte von dem, was von Gesetzes wegen gefordert war.

„Pass auf“, sagte ich zur ihr, „mir steht aufgrund meines Arbeitsvertrages und meiner langen Betriebszugehörigkeit auch in diesem Fall eine ganz ordentliche Abfindung zu. Solang die reicht, zahle ich dir, was ich bisher gezahlt habe, danach sehen wir weiter. Ich spiele nämlich schon länger mit dem Gedanken, mich selbstständig zu machen.“

Ihr zu sagen, dass dafür auch ein Teil eben jener Abfindung draufgehen würde, hielt ich angesichts der Situation für nicht ratsam.

„Gut", seufzte sie erleichtert, „wie viel steht dir denn zu?"

*

„Kein müder Euro, Gerber!"

Ich sah Heismanns Grinsen förmlich vor mir. „Nicht ein lumpiger Cent!"

„Mein Arbeitsvertrag ...", setzte ich an.

„Den können Sie sich in den Arsch schieben und anzünden!" Die Retourkutsche machte ihm hörbar Spaß. „Sie haben die Interessen der Firma gröblich verletzt, indem Sie die Frau eines unserer wichtigsten Kunden aufs Übelste beleidigt haben, da steht Ihnen überhaupt nichts zu."

„Damit kommen Sie vor keinem Arbeitsgericht der Welt durch, da machen Sie sich nur lächerlich!"

„Abwarten", keifte er, „ich weiß ja nicht, wie Ihre Vermögensverhältnisse sind, aber ich fürchte, Sie werden arbeiten gehen müssen, bis Sie durch sämtliche Instanzen durch sind. Und denken Sie an das Konkurrenzverbot in Ihrem Vertrag – das gilt nämlich!"

„Nur für die Geschäftsbereiche, in denen ich für Sie gearbeitet habe, und auch das nur drei Jahre!", hupte ich, aber das hörte er nicht mehr, denn er hatte die Verbindung bereits unterbrochen.

Am liebsten hätte ich das Handy vor Zorn in den Marktbrunnen geworfen, auf dessen Stufen ich während des Telefonats mit Heismann gesessen hatte, sah aber aufgrund meiner Vermögensverhältnisse davon ab und steckte es ein.

Leider hatte Heismann nämlich nicht ganz unrecht. Zwar war meine kleine, gemütliche Eigentumswohnung in der Innenstadt abbezahlt, aber ansonsten war mein Geld immer so rausgegangen, wie es reingekommen war, und wovon ich ohne Abfindung ein Büro mieten und ausstatten sollte, war mir ein Rätsel, von Kerstin mal ganz abgesehen.

Grübelnd lief ich die paar Meter zum *La Macchina*, holte mir einen Espresso und setzte mich auf eine der Holzbänke vor der Kaffeebar.

Das Konkurrenzverbot beeindruckte mich wenig, da ich für *Your Sec* fast ausschließlich Personenschutz und Personalüberwachung gemacht hatte, beides ziemlich unerfreulich, und ich hatte schon länger mehr als genug davon. Der gesamte Rest stand mir offen, und solange ich der Agentur nicht direkt ins Gehege kam, hatte ich wenig zu befürchten. Schwieriger wurde es schon mit der finanziellen Seite meiner neuen Selbstständigkeit, da sah ich im Moment keine Perspektive. Ich leerte also die Tasse, brachte sie zurück und beschloss, das zu tun, was eigentlich immer half: einen kleinen Spaziergang machen und ordentlich essen gehen.

3

„Schlag dir das aus dem Kopf, Manni! Ich hab' die Schnauze voll von Leuten, die früher oder später nicht mehr zahlen können. Aus dem Ding wird eine Wohnung gemacht, da gibt es Nachfrage, und im Zweifelsfall kriegen die Leute ALG 2!"

Mein guter Freund Heiner, Besitzer des beliebten Weinlokals *Haardter Stübchen*, wischte zum wiederholten Mal vor mir die Theke blank.

Nach meinem Spaziergang und einem ausgiebigen Mittagessen bei *Hervé's* hatte ich mich kurz hingelegt, einen Kaffee getrunken und die Wohnung etwas auf Vordermann gebracht. Danach war ich aufgebrochen, um noch vor der offiziellen Öffnungszeit des *Haardter Stübchens* um 17 Uhr in Ruhe mit Heiner reden zu können.

Heiner hatte sein sauer verdientes Geld in ein kleines Mehrfamilienhaus gesteckt, das ihm den Lebensabend finanzieren sollte, und in diesem Haus gab es im Erdgeschoss ein kleines Lädchen, das selbst anspruchslose Inhaber nicht mehr ernähren konnte. Heiner hatte dort nacheinander einen Versicherungsmakler, ein esoterisches Reisebüro und einen Lebensberater drin gehabt, die alle ebenso nacheinander pleitegegangen waren, nicht ohne ihm einen Berg Mietschulden zu hinterlassen. Die Frage, warum es ausgerechnet mir dort besser ergehen sollte, war mir nicht in den Sinn gekommen, nur, dass es eine Chance war, ohne Makler und Gebühren an ein Büro zu kommen.

„Aber, Heiner, es ist doch nur übergangsweise, vielleicht kann ich mir in einem halben Jahr was innerstädtischeres leisten, dann kannst du immer noch eine Wohnung draus machen", unternahm ich einen letzten Versuch.

„Emmanuel", Heiner sah mir ins Gesicht, „vergiss es einfach!"

Ich zuckte zusammen. Heiner ist wirklich kein übler Kerl, aber wenn er mich mit meinem korrekten Vornamen anredet, meint er es ernst.

„Ist gut, mein Freund", säuerte ich zurück, „wenn du gestattest, besaufe ich mich heute Abend woanders!"

Bevor er darauf noch etwas antworten konnte, stand ich schon auf der Straße.

Ich ließ meinen Worten Taten folgen und unternahm einen Zug durch das Neustadter Nachtleben, der meinen zu erwartenden Vermögensverhältnissen Hohn sprach.

Als ich gegen halb zwölf aus dem *Old Dublin* in der Friedrichstraße kam, war mein Zustand mit dem Wort „fahruntüchtig" noch sehr wohlwollend umschrieben. Trotzdem weigerte sich etwas in mir, bereits schlafen zu gehen, und da mich mein Heimweg sowieso durch die Hintergasse führte, beschloss ich, das *Backblech* anzusteuern und noch einen Happen zu essen.

Als ich eben in den Hof der beliebten Kneipe einbiegen wollte, drang ein mir bekannter Geruch an mein berufserfahrenes Spürnäschen. Es handelte sich jedoch nicht um Speck, Zwiebeln oder Käse, sondern um ein Damenparfüm! Teuer und nicht zu aufdringlich, elegant, aber doch etwas halbseiden. Vor Schreck wurde ich fast nüchtern. Das war das Parfüm, das die Untertaler benutzte, kein Zweifel. Da stöckelte sie auch schon an mir vorbei, ein edles Cape um die Schultern und den seidenen Schal so vor das feine Gesichtchen gehalten, dass man sie nicht gleich erkennen konnte. Ein kurzer Blick von hinten auf ihr Fahrgestell beseitigte allerdings jeglichen Zweifel.

Eine weitaus interessantere Frage war jedoch, bei wem sie sich eingehakt hatte, denn der Herr konnte unmöglich ihr Gatte sein, dessen pyknische Gestalt samt Schmerbauch und quasi halslosem Übergang vom Rumpf zum Kopf mir bestens bekannt waren. Auch der Gang ihres jetzigen Begleiters war mir irgendwie vertraut, aber ich konnte beim besten Willen nicht sagen, woher.

Ich wartete im Hof des *Backblechs*, bis die beiden einen kleinen Vorsprung hatten, und machte mich trotz meines immer noch vernebelten Gehirns an die Verfolgung. Zu groß durfte ich den Vorsprung des offensichtlich turtelnden Pärchens in den engen Gassen der Neustadter Altstadt auch nicht werden lassen, sonst verlor ich sie womöglich aus den Augen.

Meine Geduld wurde auf keine sehr harte Probe gestellt. Nach einem kurzen Schlenker durch die Zwerchgasse steuerten sie in die Mittelgasse und dort auf einen luxusrenovierten Altbau zu, der allerdings noch eingerüstet war, und zwar, wie ein Schild stolz verkündete, um mit dem letzten Schrei an Dämmputz versiegelt zu werden.

Die zwei betraten das Haus, und etwa drei Minuten später ging im dritten Stock ein Licht an. Ich wusste seit frühester Jugend, dass ich alles andere als schwindelfrei war, eine Eigenschaft, der immer meine grenzenlose Bewunderung gegolten hatte. Aber zum Teufel – war ich jetzt Detektiv oder war ich es nicht?

Der Alkohol gab den Ausschlag und mir das nötige Selbstvertrauen, um das Gerüst bis in den dritten Stock zu erklimmen und mich auf wackligen Bohlen an das erleuchtete Fenster heranzutasten, hinter dem das Licht jetzt seltsamerweise etwas flackerte. Vorsichtig schob ich meinen Kopf über den Fensterrahmen hinaus und war doch einigermaßen erstaunt, als ich Sieglinde Untertaler und ihr Gespusi nicht wie von mir erwartet bei wilden horizontalen Turnübungen vorfand, sondern offensichtlich sehr verliebt Arm in Arm beim Fernsehgucken, woher auch das Flackern des Lichts rührte.

Vollends aus der Fassung brachte mich aber die Identität ihres Lovers – handelte es sich doch um keinen Geringeren als meinen Ex-Chef Heismann!

Ich holte ein paarmal tief, aber leise Luft und fingerte dann mein vor dem Brunnenwasser bewahrtes Handy aus der Tasche, schaffte es, die Fotofunktion einzustellen, ohne dass es mir vom Gerüst fiel, schob die leichte Gardine etwas beiseite, rief „Huhu, ihr Turteltäubchen!“ und drückte auf den Auslöser, der zwei reichlich fassungslose Gesichter einfing.

Dass ich es bis auf das Pflaster der Mittelgasse zurückschaffte, zähle ich bis heute zu meinen detektivischen Großtaten. Als ich mich dann gemessenen Schrittes davonmachte, flogen mir aus dem dritten Stock einige Invektive hinterher, die ich Ihnen an dieser Stelle erspare.

4

Ich hatte mir den Wecker auf acht Uhr gestellt, angesichts meines Zustands vielleicht etwas ehrgeizig, aber ich wollte geduscht und mit so viel Koffein versorgt sein, dass ich keinen Fehler machte, wenn der zu erwartende Anruf kam.

Zwanzig nach neun, nach dem zweiten Kännchen Kaffee und einem halben Liter Orangensaft sowie einem etwas ledernen, aufgebackenen Croissant vom Vortag mit Marmelade klingelte mein Festnetzanschluss. Beim dritten Mal hob ich den Hörer vom direkt neben mir stehenden Telefon und flötete „Gerber, guten Morgen!" in die Muschel.

„Untertaler", eiskellerte es vom anderen Ende der Leitung. Aha, Heismännchen war zu feige gewesen und Madame musste selber ran.

„Ich möchte den Vorfall von gestern Abend mit Ihnen besprechen, aber nicht am Telefon", fuhr sie frostig fort. „Ich schlage vor, wir treffen uns um zehn Uhr im Café *De' Bäcker Becker* am Kreisel im Edenkobener Gewerbegebiet, kennen Sie das?"

„Aber sicher, ich werde pünktlich dort sein", antwortete ich. Es klackte, sie hatte aufgelegt.

Ich war sogar fünf Minuten zu früh und holte mir schon mal einen Kaffee und ein weiteres Croissant, um den ledernen Geschmack des ersten loszuwerden. Damit setzte ich mich an einen der vielen leeren Tische im Außenbereich, denn ich nahm an, dass die Dame auf Publikum keinen Wert legte.

Ich wollte gerade anfangen, die um den Kreisel rotierenden Autos zu zählen, als sie etwa viertel nach zehn um die Ecke des Gebäudes auf mich zukam.

Sie setzte sich grußlos mir gegenüber und fixierte mich. Ich griente freundlich zurück und wollte eben etwas sagen, als sie mir über den noch nicht geöffneten Mund fuhr.

„Ich will mich mit Ihnen nicht unterhalten, Herr Gerber! Ich mache Ihnen folgendes Angebot: Sie bekommen Ihre vertraglich vereinbarte Abfindung, und ich lege bar noch mal zehntausend drauf.“ Sie holte ein Päckchen und ein Schriftstück aus ihrer Handtasche und legte beides auf den Tisch. „Dafür unterzeichnen Sie diese Unterlassungserklärung und löschen das Foto auf Ihrem Handy!“

„Werte Dame“, erwiderte ich, „eigentlich müsste Ihr Verstand Ihnen sagen, dass Ihre Unterlassungserklärung das Papier nicht wert ist, auf dem sie steht – oder würden Sie sie ernsthaft vor einem öffentlichen Gericht präsentieren wollen?“ Ich lächelte, möglicherweise etwas sardonisch. „Ihre zehntausend und die Unterlassungserklärung packen Sie also wieder in Ihr Täschchen“, fuhr ich ruhig fort. „Wenn die Abfindung innerhalb von zwei Wochen auf meinem Konto ist, wird nie jemand das Foto sehen oder von mir etwas erfahren, da müssen Sie schon mit meinem Wort vorliebnehmen!“

Man sah an ihren Lippen, wie es in ihr arbeitete. Nach einer Minute hatte die Vernunft die Oberhand gewonnen.

„Ist gut“, fauchte sie, „aber ich will nie wieder etwas von Ihnen sehen oder hören!“

Wir gaben uns zum Abschied nicht die Hand.

*

Zwei Tage später waren das Geld auf meinem Konto und ein erstklassiges Zeugnis in meinem Briefkasten. Der gute Heismann hatte es offensichtlich eilig gehabt.

Als ich mit dem Kontoauszug aus der Bank kam, lief ich Heiner über den Weg, der mich sofort in Beschlag nahm.

„Du musst nicht sauer sein, Manni“, druckste er, „ich bin mit dem Laden schon so oft auf die Nase gefallen, mir reicht es einfach. Aber ich habe eine Idee“, fuhr er fort, „warum machst du dein Büro nicht in der hinteren Nische in meiner Kneipe auf? Da stört keiner, du kannst was trinken, und tagsüber haben die Leute sowieso kaum Zeit. Ich hab’ das mal so ähnlich in einem Krimi gelesen, da hat ein Privatdetektiv das so gemacht, und bei dem Typ hat’s auch funktioniert.“

„Oh, Heiner, du bist wirklich der Allergrößte!“, lachte ich. „Dabei hattest du doch völlig recht, und ich habe total danebengelegen, also Schwamm drüber. Lass uns zu *La Macchina* gehen, einen Kaffee trinken, und du erzählst mir von diesem Detektiv!“

Regina Pfanger

KEINE HOCHZEIT UND MEHRERE BEERDIGUNGEN

Ich werde keine Beerdigungen mehr halten. Auch nicht, wenn man mich drum bittet, und auch dann nicht, wenn man mit der Begründung kommt, dass ich doch stets einen engen Kontakt zur Familie hatte. Nein, gerade dann nicht. Ich bin im Ruhestand und habe eine angegriffene Gesundheit, und darauf muss Rücksicht genommen werden, auch in Zeiten des Priestermangels. *So gut wie Sie bringt känner die Leit unner die Erd, Herr Parre Trauthwein*, sagen sie im Dorf. Es ist witzig gemeint, das weiß ich. Ich werde in Zukunft, statt mich einlullen zu lassen von den Schmeicheleien, auf den kamerunischen Kaplan verweisen und sagen, dass der seine Sache nicht nur genauso gut, sondern besser macht als ich. Ich werde im Antoniusheim meine Messen lesen, in Gottes Namen, wenn sich kein anderer findet, Sterbeämter und Jahrgedächtnisse, bei denen es nicht auf mich ankommt und meine Worte, sondern auf die überlieferten Formeln, die ich alle auswendig kann, bei Bedarf sogar auf Latein, per omnia saecula saeculorum, automatisch und ohne nachzudenken, im Schlaf sozusagen. Herunterleiern werd' ich es trotzdem nicht, wie man mir oft versichert hat, spreche ich die altehrwürdigen Worte jedes Mal mit einer Betonung aus, als wären sie gerade vom Himmel gefallen, so, dass es den Leuten ans Herz rührt: nicht salbungsvoll, sondern beruhigend, wie ein Märchenerzähler, der den

Stimmen von Feen und Zauberern eine Autorität verleiht, die Zweifel an ihrer Existenz gar nicht erst aufkommen lässt. So hat es mir mal einer gesagt: Ich bin zwar Atheist, aber wenn ich Ihnen zuhöre, könnte ich glatt daran glauben, dass Sie Wein in Blut verwandeln können. Genauso hat er es gesagt. Und es war nicht irgendeiner, sondern ein Kriminalkommissar, der eine Zeitlang regelmäßig zu mir ins Hochamt kam und beim anschließenden Frühschoppen im Weißen Raben die Leute in scheinbar belanglose Plaudereien hineinzuziehen verstand. Ich habe die Spitze überhört und stattdessen mit bescheidenem Lächeln das vermeintliche Kompliment abgewehrt – und mir die Bemerkung verkniffen, die mir durch den Kopf geschossen war: Wenn, dann würde ich eher das Gegenteil probieren und Blut in Wein verwandeln …

Witzeleien dieser Art werde ich mir abgewöhnen müssen nach dem Schnitzer, der mir heute passiert ist. Auch wenn es mir schwerfällt, sie herunterzuschlucken, wenn sie mir so angenehm auf der Zunge prickeln, dass ich sozusagen alkoholfreie Champagnerlaune um mich verbreiten kann, wenn ich nur den Mund aufmache. Früher habe ich so die Lacher auf meine Seite gezogen – auf meine schwache Seite, wie ich heute weiß, von der sie mir dann besonders bequem in den Rücken fallen können. Nach dem Schnitzer, den ich mir heute geleistet habe, muss ich auf der Hut sein.

Vergib ihr das Verbrechen, an dem sie schuldig geworden ist, habe ich gesagt am Sarg der Steyer Trudel. Vermutlich weiß es inzwischen auch mein Nachfolger schon, dem es seine Verehrerinnen zugetragen haben, und er wird es gegen mich verwenden können, als Hinweis auf meinen zerrütteten Geisteszustand, um damit alles entwerten zu können, was von meiner Seite kommt.

Vergib uns auch all die Versprechen, die wir schuldig geblieben sind, das hatte ich sagen wollen bei meiner Traueransprache für die Steyer Trudel heute Nachmittag, im Hinblick darauf, dass am Schluss die Besuche weniger geworden waren bei der Verstorbenen, und weil ich weiß, dass die nicht eingelösten Besuchsankündigungen die Trauernden oft quälen, ich nehme mich da nicht aus. Ich habe mir angewöhnt, das zu sagen in meinen Traueransprachen für alte Leute, mit der Zusicherung, dass Gott mehr auf unseren Glauben und guten Willen sieht als auf unsere Verfehlungen und Vergehen. Schon oft wurde mir gesagt, dass es die Leute als wohltuend empfinden: *So gut wie gebeicht, Herr Parre …* So ein Lob hätte es heute nicht gegeben, und deshalb bin ich nicht mit zum Leichenims gegangen. Ich hab' mich entschuldigt: Schwindelanfall, hab' ich hüstelnd gesagt, was schließlich – es lebe die Mehrdeutigkeit des Wortes im Deutschen – keine Lüge war. Prophylaktisch habe ich noch hinzugefügt, dass ich die Beerdigung besser nicht übernommen hätte, am besten gar keine mehr halten werde, weil ich einen Moment tatsächlich Angst hatte, selber in die Grube zu fallen, nachdem mich der Weihrauch, den ich sonst gern rieche, ganz ramdösig gemacht hatte, und dass ich mich nach dem Essen eigentlich hinlegen muss … Was übrigens auch nicht gelogen war. Meine Knie hatten gezittert auf dem Weg zum Grab, und die Worte, die ich vorher in der Leichenhalle gesprochen hatte, tobten in meinem Kopf wie ein Presslufthammer.

Mein Versprecher mit dem *Verbrechen* statt der *uneingelösten Versprechen* ist einfach so aus mir herausgekommen, unabweisbar, wie ein unwillkürliches Aufstoßen bei einer Magenverstimmung, es ließ sich nicht unterdrücken, war aber nur die Ankündigung dessen, was sonst noch mit Urgewalt aus meinem Inneren hochdrängte und nicht mehr rückgängig zu machen war: Denn, statt meinen ersten Schnitzer zu korrigieren, fuhr ich einfach fort und machte die Katastrophe perfekt: *Denn nur du kennst unsere unmenschlichen Vergehen, die größer sind, als die Menschen glauben*, hörte ich mich sagen, statt *du kennst unseren Glauben, der größer ist als unsere menschlichen Verfehlungen*, die Worte konnten nicht mehr heruntergeschluckt werden, sie quollen aus mir heraus wie Erbrochenes, ich konnte sie nur noch auffangen, unter Zuhilfenahme meines Taschentuchs und eines vorgetäuschten Hustenanfalls, der mir immerhin die Zeit gab, meine Gedanken zu ordnen und mir die richtigen Worte zurechtzulegen, die dann auch kamen, während mir die Tränen herunterliefen: *Vergib du, was wir schuldig geblieben sind in diesem Leben, der Verstorbenen und uns allen, und lass uns alle einst deine Gerechtigkeit schauen, an der sie jetzt teilhat, und all ihre Angehörigen, die ihr in die Ewigkeit schon vorausgegangenen sind …*

+++

Meine Wortspielereien waren immer beliebt – *hunnert Prozent Pälzer Parre!* – und manche Fasnachter haben sich mit Zitaten meiner Sottisen gerne einen Tusch in der

Prunksitzung abgeholt. Der dumme Spruch über meinen veganen Kater, den ich mal in angeheiterter Runde abgelassen habe – *klar esch der vegan: ohne Eier, seit er kaschtriert esch* – wurde zitiert, mit Namensangabe, und brachte mir Ärger von allen Seiten ein, sowohl von den Tierschützern als auch von den Veganern und vom Ortspfarrer, der mich nicht leiden kann. Die Kritik kommt selten direkt, sondern in Form anonymer Zettel im Geldkasten bei den Opferkerzen. Aber sie drohen meist mit den Strafen, die mich im Jenseits erwarten – ohne zu wissen, dass ich die im Diesseits viel mehr fürchte. *Die Hölle, das sind die anderen*, darüber habe ich in Anlehnung an Sartre mal gepredigt, aber es kam nicht so gut an. *Verzehlen Se liewer was Witziches, des heeren die Leit liewer*, hat die Leichenfrau hinterher zu mir gesagt, deren stets rotgeschminkte Lippen für mich den Volksmund verkörpern, auf den ich immer geschielt habe, während ich meine Predigten tippte.

Ich werde meine Worte sorgfältiger abwägen. *Schweigen ist Gold*, sage ich mir manchmal, wenn mir eine Bemerkung auf der Zunge liegt. Lebensweisheit? Ich weiß nicht. Und stimmen tut es auch nicht immer. Manchmal hätte ich besser geredet. Das Beichtgeheimnis kann nicht für alles herhalten …

Jetzt frage ich mich, ob man mir solche Sprüche eher als Altersverwirrtheit anrechnen würde. Nach der Traueransprache heute. Vielleicht ist es sogar gut, wenn sie es so auslegen. *Freudsche Fehlleistung*, das wäre die korrekte Bezeichnung für meinen Schnitzer, das weiß ich. Aber damit werde ich mich nicht entschuldigen können, falls mich jemand drauf anspricht, weil das nur bestätigen würde, dass doch was Wahres dran ist. Falls überhaupt jemand fragt. Es gibt keine direkten Hinterbliebenen, die mich zur Rede stellen werden. Den jetzigen Inhabern der Fleischereikette Steyer wird es egal sein, was ich gesagt habe – sofern jemand da war von denen. Die werden andere Sorgen haben. Es wurde nur der Name beibehalten, finanziell wurde alles abgewickelt, als auch der zweite Sohn umkam. Das nehme ich zumindest an. Wenn es so ist, wie die Steyer Trudel immer angekündigt hat, als sie noch geistig ansprechbar war, wird das meiste Geld an die Kirche gehen. Die entfernte Verwandtschaft wird Augen machen. Für die Mission, hat sie immer gesagt. Ich kenne Adressen, wo das Geld seine Verwendung finden wird. Für den Palast des Limburger Bischofs wird es im Bistum Speyer nicht verwendet werden, dafür stehe ich. Aber auch den Witz behalte ich besser für mich.

+++

Die Steyer Trudel hab' ich beerdigt, weil ich es ihr versprochen habe. *Nit dass mich der Necher unner de Bodde bringt, Herr Parre*, hat sie gesagt, und ich habe es ihr versprochen, nicht ohne vorher zu erklären, dass der dunkelhäutige Kaplan Kameruner, aber Katholik ist wie sie, und dass er nicht nur ein in Zeiten des Priestermangels notwendiger Ersatz für einen deutschen Geistlichen ist, sondern dass ich ihn für einen begnadeten Theologen und einen hervorragenden Seelsorger halte. Meine Erklärungen hätte ich mir sparen können, sie waren eher an die polnische Pflegerin adressiert, vor der ich mich schämte für die primitiven Ausfälle der Trudel, die sich früher so gerne als etwas Besseres präsentiert hatte, als eine zu Höherem Berufene, die durch eine Laune des Schicksals und der Himmelsmacht der Liebe zur Metzgersgattin geworden war. Bei der Trudel kam nichts mehr an, schon lange nicht mehr, und was aus ihr herauskam, das ließ an der Moral, die ihr so heilig gewesen war, gewaltige Zweifel aufkommen. Ich will nicht zitieren, was sie alles zu mir sagte bei meinen Krankenbesuchen, es waren nicht nur Neckereien, sondern Schlüpfrigkeiten, die mit dem Zusatz *Herr Parre* eine überaus peinliche Anzüglichkeit hatten. *Setzen Se sich doch e bissl näher zu mer, Herr Parre – änner wie Sie det ich im Trääm nit vun de Bettkant stoße*, hat sie neulich zu mir gesagt und so verschlagen gekichert dabei, dass es mich schauderte. Ich habe mich schon gefragt, was diese kecke Frivolität zu Zeiten, als sie noch nicht klapprig und faltig und mir das Zölibat noch schwerer gefallen war, mit mir gemacht hätte. Als ich vor über dreißig Jahren in die Familie gekommen war und sie mich ein bisschen an die Knef erinnert hatte, groß und blond, wie sie war. Wie es gewesen wäre, wenn sie auch etwas von der *Sünderin* an sich gehabt hätte … Aber ich kann mir guten Gewissens sagen, dass sie mich so bestimmt vertrieben hätte aus dieser Familie – was, wie ich mir jetzt sage, wohl das Beste gewesen wäre. Es hätte mir einiges erspart.

Mein Nachfolger hielt es für selbstverständlich, dass ich die Beerdigung übernehme. Delegieren kann er, sowieso ist er mehr Manager als Seelsorger, aber das ist vielleicht auch, was in den neuen Pastoralkonzepten am meisten gefragt ist. Allerdings braucht es zum Delegieren

Personal, und das macht die Sache auf Dauer kompliziert. Die Pastoralreferentin hat er schon vertrieben, sagen die Leute. Mir hat sie gesagt, dass sie ihm gewissermaßen ihr Kind verdankt. Nicht direkt natürlich, so viel Geschmack dürfe ich ihr zutrauen, aber indirekt schon, er sei eine Art Schwangerschaftsbeschleuniger gewesen, eigentlich hätten sie und ihr Mann mit den Kindern noch ein wenig warten wollen, aber nachdem es mit dem Versetzungsantrag nicht klappte, sei das die Lösung gewesen, und sie habe nicht die afrikanische Geduld des Kaplans. Doch das behalte ich für mich, sie hat es mir im Vertrauen gesagt.

Aber er hat auch seine Verehrer, oder besser gesagt, seine Verehrerinnen. Schließlich ist er nicht nur jung, sondern groß und drahtig, und mit seinem römischen Kragen sieht er besonders adrett aus, das muss man sagen. Wie Richard Chamberlain in *Die Dornenvögel*, schwärmen seine Anhängerinnen verzückt. Mit seinem guten Aussehen blendet er nur die Augen, sage ich mir. Alles, was er von sich gibt, ist so stockkonservativ, dass ihm viele nicht zuhören wollen und die Pfarrkirche meiden. Er beklagt sich in jeder Messe über den Mangel an Kirchgängern und schafft so immer mehr Platz auf den Kirchenbänken. Und seit dem Rücktritt Ratzingers hat er das Problem, dass der kamerunische Kaplan, den er früher wegen seiner romkritischen Ansichten andauernd tadelte, sich auf die Aussagen des neuen Papstes berufen kann.

Ich sehe auch einem Schauspieler ähnlich, sage ich manchmal kokett, und ich brauche es nicht groß zu erklären, den älteren Leuten jedenfalls nicht: Ottfried Fischer als *Pfarrer Braun*. Allerdings beneide ich ihn um seine

Haushälterin, sage ich manchmal, zu Leuten, denen man so etwas sagen kann.

Und außerdem ist er einer, der Fälle aufklärt, anstatt sie zu verschleiern, könnte ich noch hinzufügen. Aber besonders das behalte ich auf jeden Fall für mich.

Ich glaube, ich habe der Trudel nur deshalb versprochen, sie zu beerdigen, damit sie gehen konnte, endlich, als eine erlaubte Art der aktiven Sterbehilfe sozusagen. Und es hat tatsächlich geholfen, sie ist die Nacht nach der Krankensalbung gestorben, die sie *de ledschde Eelwechsel* genannt hatte, zur verschämten Erheiterung der polnischen Pflegerin, deren Deutsch zu gut war, um alle Ausrutscher zu überhören. In ihrem verwirrten Gebrabbel spielen Autos oft eine Rolle, durchgeschnittene Bremszüge und lockere Schrauben, auch angefahrene Wildschweine kommen vor und Polizisten, die ihr aus der Hand gefressen haben. *Lewwerworscht, Grieweworscht un Schwartemache*, sang sie manchmal, wenn ich ihr die Krankenkommunion brachte, oder sie pries weltläufig in pfälzischem Schriftdeutsch ihre Cateringsdienste an – *Keine Feier ohne Steyer* – und empfahl die Spezialitäten der Achtzigerjahre, *Schattobriong, Kardoongblö zu Pommes dofinaas* …

Kirchenlieder sang sie keine, sie kniff die Lippen zusammen, wenn ich *So nimm denn meine Hände* anstimmte, um ihr – auch eine erlaubte Art der Sterbehilfe, wie ich finde – den Übergang zu erleichtern. Aber sie brachte mich mit erstaunlicher Stimmkraft aus dem Konzept und begann das Lied vom *Polenstädtchen* zu singen, mit mehreren Strophen und mit Zusatz – *ich hab's einmal probiert und bin krepiert.* All das tat sie in Anwesenheit der polnischen

Pflegekraft, und wenn ich sie tadelte, tat sie unschuldig und begann die Schönheit der Slawinnen zu preisen, die auch ihren Andreas hätte überzeugen können. *Do wer sogar der schwach worre*, sagte sie bei meinem letzten Besuch und klopfte dabei der Frau so kokett auf den Hintern, dass wir – trotz oder wegen der Peinlichkeit – beide lachen mussten. Und einen Moment später fragte sie mich, ob ihr Mann denn gebeichtet hätte vor seinem Tod. *Der hot unsern Andreas uffm Gewisse, un nit de Eberhard, wie se all gemäänt hän*, sagte sie und fügte dann noch hinzu, dass ich ja sowieso Bescheid wisse. *Awwer Sie halten dicht, Herr Parre, gell*, fügte sie hinzu und begann, während ich rasch der Pflegerin vorschlug, sich eine Pause zu gönnen und draußen frische Luft zu schnappen, einen meckernden Sprechgesang anzustimmen. *Ach wie gut, dass niemand weiß*, leierte sie vor sich hin, während ich geduldig wiederholte, dass das Beichtgeheimnis auch für sie galt. Und dass das Erkennen und Eingestehen der eigenen Verfehlungen größere Erleichterung bringe als die Beschuldigung anderer. Die Madonna von Tschenstochau sah ernst auf mich herunter, während die Trudel mit wild fuchtelnden Armen ihren makabren Veitstanz im Krankenbett vollführte, aber allmählich unter meinen Beschwichtigungen ruhiger wurde und schließlich erzählte, dass der Andreas von Kind an Angst vor Blut hatte, im Gegensatz zum Eberhard, dass aber der Herr wohlgefällig herunterschaute auf das blutige Opfer Abels. *Un des Kend vum Andreas, des hot die Schlamp uffm Gewisse, wu nur hennerm Geld her war*, fügte sie böse hinzu. Und dass es vielleicht auch gut war, wenn das Kind nicht die Krankheit des Vaters erbte.

Die polnische Pflegerin war wieder zurück, als ich ihr die Krankenkommunion reichte. Sie gab ihr aus der Schnabeltasse zu trinken, damit sie die Hostie schlucken konnte.

Am nächsten Morgen erfuhr ich, dass sie friedlich eingeschlafen war.

+++

Früher wäre mir so eine Peinlichkeit wie bei der Beerdigung heute nicht passiert, weil ich nicht aus dem Stegreif gesprochen habe. Solange ich offiziell im Dienst war, habe ich alle Predigten schriftlich verfasst. Zuerst handschriftlich, später auf meiner *Olympia Monica*. Ich habe heute wieder die ganze Nacht mit meiner Monica verbracht, war auch einer der Witze, die ich früher gern gemacht habe. Einer der Sprüche, mit denen ich ganz locker bewies, dass ich keiner von den Verklemmten bin, trotz Zölibat, sondern einer, mit dem man nicht nur reden, sondern auch lachen kann. Es hat mir Vertrauen eingespielt, bei den Männern vor allem, und eine Zeitlang war ich ein gefragter Redner in der Erwachsenenseelsorge, bei Einkehrtagen für Männer, als die eigentlich schon nicht mehr in Mode waren. Zu mir kamen sie, und mir wurde manches anvertraut, was andere Kollegen nie gehört hätten, das weiß ich. Mit Witz kommt man bei den Leuten weiter als mit Weisheit, das ist sicher.

Später, seit Anfang der Neunziger, habe ich auf dem Computer meine Predigten verfasst. Den ersten Laptop, den Nachfolger meiner *Monica*, nannte ich, etwas abgewandelt, Samson, Späßchen über gemeinsame Nächte verkniff ich mir, sie hätten komisch geklungen, stattdessen sprach ich ab und zu von meinen Kämpfen mit Samson. Die Texte, die ich mit dem PC verfasst habe, sehen besser aus als die getippten mit Flattersatz und hässlichen Tippex-Korrekturen, fast druckreif, mit Kursiv- und Fettdruck zur Hervorhebung, zuweilen sogar mit griechischen Buchstaben dazwischen. Pure Eitelkeit, ich weiß.

Nach der Beerdigung heute bin ich direkt heimgegangen. Ich hab' meinen Kater gefüttert und mir dann einen Cognac eingeschenkt und eine Zigarre angezündet, bevor ich mir den Ordner *Predigten 1992 - 1996* vorgenommen habe. Nach einigem Blättern habe ich sie gefunden, meine Predigt zur Trauung vom jüngeren Sohn der Verstorbenen, dem Andreas Steyer. Eine Predigt, die ich nie gehalten habe. Sie sieht nicht so tadellos aus wie die anderen PC-Predigten, denn ich habe Änderungen darin vorgenommen. Den Satz *Folge dem Zug deines Herzens* aus dem Buch *Prediger* habe ich herausgestrichen und stattdessen einige Stichpunkte am Rand notiert: *ev. 1 Kor 7,2?*, hatte ich geschrieben und wieder durchgestrichen. Ich rechnete nach. Zweiundzwanzig Jahre ist es her.

Die Traurede habe ich nie gehalten. Die Trauerrede für den Andreas fand sich in meinem Ordner nur zwei Seiten später, nach der Predigt zum Dreifaltigkeitssonntag, an der ich gesessen hatte, als der Andreas mich aufsuchte.

Alles fiel mir wieder ein, während ich das schon etwas vergilbte Blatt betrachtete: Das Gespräch mit dem

Andreas, der mit gegenüber auf dem Sessel saß in meinem Besprechungsraum. Ich sah ihn vor mir, konnte mich noch an Einzelheiten erinnern, an die Lederstiefel aus hellem Naturleder und das offene weiße Hemd unter der Weste, an das Goldkettchen und den Ohrring, bei dem ich mich fragte, was sein Vater davon hielt und wie es bei den Kunden ankam, denen er als Geschäftsführer der Fleischereikette Steyer entgegentreten sollte und über den sie sich ihre Gedanken machen würden, selbst wenn es ihm gelang, sich mit seinen Meinungen zurückzuhalten – was keineswegs ausgemacht war.

Den Andreas kannte ich seit seiner Firmvorbereitung. Es war damals mein erstes Jahr im Ort, und ich hatte ihn von Anfang an ins Herz geschlossen. Mir hatte sein feines Wesen gefallen, auch die Verschämtheit, mit der er die Wurstpakete im Pfarrhaus abgab, die seine Mutter mir immer zukommen ließ. Es war ihm anzumerken gewesen, dass ihm das Anbiedern nicht lag, dass er überhaupt eine Distanz hatte zu seinem Elternhaus. Aber er mochte mich, und er nahm es als eine Auszeichnung, dass ich bei der Firmung zum Festessen zu ihnen kam, und er hat allmählich Zutrauen zu mir gefasst und mir manches anvertraut. Er wusste, er verdankte es mir, dass man ihm die Metzgerlehre erließ, ich konnte seine Mutter überzeugen, und ich hatte kein schlechtes Gewissen, ihre Bigotterie auszunutzen und sie daran glauben zu lassen, dass hinter seiner Weigerung, das Metzgerhandwerk zu erlernen und den Betrieb zu übernehmen, ja vielleicht eine Berufung zum Priester stecke. Sie ließen ihn tatsächlich aufs Gymnasium gehen, bestimmten seinen älteren

Bruder Eberhard zum Nachfolger und waren zufrieden, dass der sich ihren Plänen nicht widersetzte. An seiner Fähigkeit zum Metzeln und Wurstmachen hatte niemand Zweifel, aber die Geschäftsführung eines aufstrebenden Betriebs, die traute ihm sein Vater nicht zu, weil er stotterte und überhaupt. *Der hot's Schießpulver nit erfunne*, hatte sein Vater immer gesagt – und ich hatte ihn zu mehr Gerechtigkeit ermahnt und ihm gesagt, dass er ihn da vielleicht auch unterschätzte …

Jedenfalls verlief alles plangemäß anfangs, der Andreas begann tatsächlich ein Theologiestudium, und man hielt es mir zugute, dass er diesen Weg nahm, und so sehr ich mich dagegen wehrte, wurde ich nicht nur mit großzügigen Einladungen belohnt, sondern immer wieder mit Fleischlieferungen, die später der Eberhard persönlich im Pfarrhaus ablieferte, zum Teil auch frisch geschossenes Wildbret – seine Berufung ging über das Geschäftliche hinaus und setzte sich in seinem Hobby fort: Er war leidenschaftlicher Jäger. Ich war oft bei den Steyers zum Essen eingeladen, zu *Überläuferbraten* und *Spießer-Steaks* – ich erinnere mich noch, dass ich immer Scherze machte über die kannibalischen Spezialitäten, die es bei den Steyers privat gab.

Der Andreas war in den späteren Jahren nicht mehr dabei, wenn ich zum Essen kam, und ich musste mir die Klagen seiner Mutter anhören, nachdem er das Theologiestudium hingeschmissen hatte und bei verschiedenen Schaupielschulen abgewiesen wurde. Eine Zeitlang tingelte er mit einer Theatergruppe durchs Land – *wie en Zicheiner*, sagte sein Vater wütend, und sie gaben ihm schließlich Geld für einen Blumenladen in Köln, der auch mit einer Pleite endete.

Ich hatte den Andreas aus den Augen verloren in diesen Jahren, er rief mich immer nur zum Geburtstag an und schwärmte von seinen jeweiligen Projekten, und ich hielt mich zurück und erzählte nichts vom Wehklagen seiner Eltern über den missratenen Sohn.

Ich war überrascht gewesen, als er dann plötzlich wieder im Dorf war und es hieß, er würde in die Firma einsteigen. Und noch mehr, als er sich wenig später zum Traugespräch anmeldete mit seiner Zukünftigen. Nicht dass sie hässlich gewesen wäre, sie sah sogar hübsch aus mit den kurzen Haaren und den blauen Augen, schlank, ein knabenhafter Typ, und patent war sie auch. Sie arbeitete bei den Steyers im Hauptgeschäft an der Theke und verstand es mit den Leuten, aber ich hätte etwas anderes erwartet von ihm, ich hielt mich jedoch mit Kommentaren zurück. Gegensätze ziehen sich an, heißt es ja …

Mit seiner Abneigung gegen Wurstwaren hatte er angefangen, nachdem er eine Woche vor der Hochzeit unangekündigt im Pfarrhaus geklingelt hatte und in meine Predigtvorbereitungen geplatzt war. Ich hatte seine Bedenken noch beschwichtigt, mit allgemeinen Hinweisen auf Widersprüche zwischen dem inneren Menschen und dem äußeren Auftreten, die uns allen zuweilen zu schaffen machen. Ich war so weit gegangen, ihn zu fragen, ob er denke, dass einem katholischen Priester die Keuschheit in die Wiege gelegt worden sei, und hatte nicht geahnt, dass ich damit Tür und Tor geöffnet hatte für das, was anschließend kam.

Ich hätte es nicht tun sollen, und ich weiß nicht, was mich dazu trieb, ihm von meinen eigenen Anfechtungen zu erzählen, die ich allerdings vorsichtshalber zurückdatierte, auf die Zeit vor meiner Priesterweihe. Von den Höllenqualen hatte ich gesprochen, mit denen ich für meinen Fehltritt gebüßt hatte, aus Angst vor einer Ansteckung, als plötzlich von Aids die Rede war überall, von einer Gürtelrose, die ich schon für ein Symptom hielt …

Ich hatte auf die Vertrautheit zurückgegriffen, die es früher zwischen uns gab, in der Zeit, als er mit dem Theologiestudium aufhörte und mir sagte, dass er mit der katholischen Sexualmoral nicht leben konnte und keine Lust hatte auf Heuchelei. Mich hatte jedenfalls zunächst gefreut, dass er nach dem offiziellen Brautgespräch noch einmal allein bei mir aufgetaucht war. Ich hatte eine Flasche Wein geöffnet nach dem Gespräch über seine vegetarischen Anwandlungen – fälschlicherweise hatte ich seine beruflichen Zweifel für das Gesprächsthema gehalten und Verständnis dafür geäußert, dass er sich als Künstlernatur schwer damit tat, ins Metzgereigewerbe einzusteigen. Dass sein Bruder und er sich nie verstanden hatten, das habe ich immer gewusst, sie waren wie Feuer und Wasser, der tollpatschige stotternde Eberhard und der Andreas, dem schon im Firmunterricht die Mädchen nachschauten. Es hatte eine gewisse Sprengkraft, dass er als der Jüngere dem älteren Bruder als Geschäftsführer vorgesetzt sein würde …

Ich hatte dem Andreas signalisiert, dass ich die Problematik verstand, und auch, dass er an dieser Aufgabe wachsen würde, zumal mit einer Frau an seiner Seite, die stark und durchsetzungsfähig war, wie auch seine Mutter immer betonte.

Er hatte gelacht, und es hatte zynisch geklungen. Sie will nicht mich, hatte er gesagt. Und dass er gekommen sei, um mir zu sagen, dass diese Trauung nicht stattfinden würde. Und da hatte ich bemerkt, dass das Gespräch eine Wendung nahm, die ich nicht zu steuern wusste.

+++

Er hat sein Wort gehalten – und ich keine Trauung. Stattdessen habe ich eine Woche später eine Ansprache verfasst für seine Beerdigung. Wegen der polizeilichen Ermittlungen hat sich der Beisetzungstermin verzögert. Der Leichnam wurde erst nach fünf Tagen freigegeben.

Meine Trauerrede damals war kurz gewesen, angesichts der Umstände, am liebsten hätte ich gar nichts gesagt. Ich sprach von der Unfassbarkeit des plötzlichen Todes, davon, dass uns mitten im Leben der Tod umfängt. *Mein Los ist Tod, hast du nicht andern Segen*, hatte ich Huub Oosterhuis zitiert: *Von Zweifeln ist mein Leben übermannt, mein Unvermögen hält mich ganz gefangen …* Es waren geliehene Worte gewesen, und sie hatten vielleicht mehr über mich gesagt als über den Toten … Die meisten aus dem Dorf konnten mit meiner Liedauswahl nichts anfangen, aber die Fremden aus der Stadt haben mitgesungen, junge Männer waren es zum größten Teil, von denen später beim Leichenschmaus keiner zu sehen war. *Schließ auf das Land, das keine Grenzen kennt, und lass mich unter deinen*

Söhnen leben … Die Familie sang nicht mit, verständlicherweise, die Braut saß wie eine Salzsäule, der Bruder war nicht anwesend. Bandscheibenvorfall, hieß es.

Ziemlich genau ein Jahr später habe ich ihn, den Steyer Eberhard, getraut, mit der ehemaligen Braut seines Bruders. Auch diese Predigt findet sich noch in meinen Unterlagen, und ich habe sie heute Abend auch noch einmal durchgelesen. Ich schenkte mir noch einen Cognac ein, bevor ich zu lesen anfing. Ich hatte vergessen, was ich damals gesagt habe. Wie ich jetzt sehe, hatte ich auch dieses Mal wieder darüber gesprochen, dass die Wege des Herrn unerforschlich sind und Er alles verwandeln und aus gemeinsam Leidenden einander Liebende machen kann … Und ich hatte darauf hingewiesen, dass es nach dem Glauben des Alten Testaments geradezu die Pflicht des Bruders war, die Frau des Verstorbenen zu der Seinen zu machen. *Obwohl ich sicher bin*, hatte ich geschrieben, *dass von Pflicht nicht die Rede ist, sondern von Neigung. Gott wandelt nicht nur Wasser zu Wein, sondern Tränen der Trauer in Tränen der Freude, ja, und zuweilen sogar Leiden in Leidenschaft.*

Schön und sauber sieht es aus, in *Book-Antiqua*-Lettern gesetzt. Vielleicht sagt man deshalb: Lügen wie gedruckt.

Es war eine schwierige Predigt gewesen, mir war bewusst gewesen, dass jedes Wort auf die Goldwaage gelegt werden würde, weniger von den Angehörigen als von einigen aus der Pfarrei, die, teils offen und teils versteckt, mit Hinweisen mir gegenüber nicht gegeizt hatten …

Der Metzger Krotz war in der Gerüchteküche der Chefkoch gewesen, es war durchschaubar, dass es ihm nur darum ging, den Steyer in die Pfanne zu hauen, nachdem der mit seinen Filialen nicht nur im Dorf, sondern in der ganzen Südpfalz eine bedrohliche Konkurrenz wurde und Anfang der Neunziger noch die Supermärkte zu beliefern begann. Früher hatte er sich beim Frühschoppen mit Anspielungen begnügt, um den Steyer zu schmähen, indem er mit nachgeahmtem Pferdewiehern dessen besonders schmackhafte Salami „rühmte". Aber nach dem Tod vom Andreas ging er mit seinen plumpen Verdächtigungen gegen die Steyers – Junior und Senior - so weit, dass er eine Zeitlang selber verdächtigt wurde, etwas mit dem angeblichen Unfall zu tun zu haben. In der Kasse für das Kerzengeld vorne am Seitenaltar habe ich ein beidseitig fotokopiertes Blatt gefunden. Auf der einen Seite stand *Die Mörder sind unter uns* – es war ein aus dem Internet ausgedrucktes Filmplakat mit der Knef, die eine Steyer-Schürze trug, und auf der Rückseite war eine Werbeanzeige vom Cateringservice Steyer abgedruckt, mit dem Slogan *Keine Feier ohne Steyer*, mit einem durchgestrichenen K und der Frage *Unfall? Schläft die Kripo so fest wie das Finanzamt?* in einer verstellten Kinderschrift, die ich heimlich mit Glückwunschkarten zu meinem Fünfzigsten verglich, den ich damals gefeiert hatte.

Eine Zeitlang habe ich ernsthaft überlegt, es der Polizei zu geben, es dann aber doch nicht getan. Der Krotz hatte ein paar Wochen vorher damit angegeben, was sein Sohn alles mit seinem Computer konnte und dass er es sogar fertigbrachte, die Hakenkreuze aus alten Familienbildern zu entfernen. Er hatte mir leid getan, weil ihm durch die erdrückende Konkurrenz des jungen

Steyer das Wasser bis zum Hals stand und er sicherlich keine Verleumdungsklage brauchen konnte zu diesem Zeitpunkt. Und dass er mit dem Tod vom Andreas nichts zu tun hatte, das wusste ich ja.

Die Brautleute waren zufrieden gewesen mit meiner Predigt. *Da-da-da-dankscheen ach fer die schej Trauerred*, hatte der Steyer Eberhard damals gestottert und einen verärgerten Blick von seiner Braut eingefangen für seinen peinlichen Versprecher. Aber tausend Mark für Heilige Messen für den verstorbenen Bruder hatte ich in dem Umschlag gefunden, den er mir zugesteckt hatte. Der Eberhard tat mir immer ein bisschen leid, weil er stotterte und klein und gestaucht war und von seiner hübschen Braut um einen halben Kopf überragt wurde. Die Leute haben sich gewundert, dass die Pia ihn nahm, nach dem Tod seines Bruders und nach allen bösen Gerüchten hinterher. Aber nicht alle haben sich gewundert: *Wann der sich uff sej Briefdasch stellt, dann esch er zwä Kepp grejser wie die*, das wurde auch gesagt. Und auch, dass sie ja vielleicht jetzt einfach einmal einen Mann wollte. Was, je nachdem, wie es betont wurde, eine andere Gemeinheit enthielt.

Ich bin nie darauf eingegangen. Allerdings habe ich nie einen Zweifel daran gelassen, dass ich den Eberhard für eine ehrliche Haut hielt, der keiner Fliege etwas zuleide tat. Außer dem, was sein Handwerk und sein Hobby von ihm verlangten, würde er kein Blut vergießen, da war ich sicher. Und zu dem Ergebnis kam wohl auch die Polizei, die ihn nach einem längeren Verhör freiließ. Weder die Fingerabdrücke am Auto seines Bruders noch sein Aufenthalt in der Nähe des Unfallortes standen in Verbindung zum Tod seines Bruders, hieß es.

Das Geld für die Messen habe ich zu den Franziskanern in Südafrika geschickt, für die Aidshilfe, und ich habe kein schlechtes Gewissen deshalb. Sie halten die Totenmessen und Sterbeämter sowieso im Mehrfachpack.

+++

Ich hatte dem Andreas bei diesem Gespräch damals gesagt, dass es eine Chance für ihn war, nach den gescheiterten Anläufen an Schauspielschulen und der Pleite mit dem Blumenladen in einem soliden bürgerlichen Leben Fuß zu fassen … Dass er die Schauspielerei als Hobby in der örtlichen Theatergruppe weiterbetreiben sollte, dass seine Freude an Blumen und am Dekorieren gerade im Cateringbereich ein Plus wären und dass ein gutes Angebot an vegetarischen Speisen als Alleinstellungsmerkmal den Caterer Steyer von allen Konkurrenten abheben würde …

Er ließ mich reden und sah durch mich hindurch, und ich überlegte schon, ob ich mich mit meinem freimütigen Geständnis vorher zu weit aus dem Fenster gehängt hatte, ob ihm vielleicht doch aufgefallen war, dass es in der Zeit vor meiner Weihe Aids noch gar nicht gab, dem Namen nach wenigstens, aber kurz darauf verstand ich, dass es etwas anderes war, das in ihm vorging, und dass er mir gar nicht zuhörte, sondern seine Worte sortierte. Sie wollen mir nicht das Hobbyschauspielern verbieten, sondern sie verurteilen mich dazu, mein Leben lang rund um die Uhr zu schauspielern, fing er an, noch in ganz wohlgesetzten

Worten, aber dann begann es aus ihm herauszupurzeln, unüberlegt und ungeordnet: Dass er sich nicht erpressen lassen werde, auch nicht durch Selbstmorddrohungen … Ich werde nicht heiraten, stieß er entschlossen hervor, mit einem wilden Blick, vor dem mir plötzlich Angst wurde. Mir flogen nur so die Wortfetzen um die Ohren, ich verstand im dem Moment wirklich nicht, was er wollte. Erst die Tage darauf, als die Ereignisse mich dazu zwangen, begann ich zusammenzusetzen, was er genau gemeint hatte, als er sagte, er werde sich nicht prostituieren, wie seine Mutter es ihr Leben lang getan habe, aus Ehrgeiz und Geldgier, und dass er sich nicht mit einer Schwangerschaft unter Druck setzen lassen werde, an deren Urheberschaft er seine Zweifel hatte …

Mein Vater will meine Seele durch den Fleischwolf jagen, und sie will mich in eine Wurstpelle pressen, immer schön mit dem beschissenen Steyer-Wappen drauf, schrie er wütend, aber dass er da nicht mitspielen und diese Hochzeit absagen würde, mit dieser Pia, die ihn zu etwas genötigt hatte, was er gar nicht wollte …

Ich dachte an meine fertige Predigt dabei und verstand zuerst nur halb, was er meinte, als er sagte, er habe nur etwas mitgemacht, was er gar nicht selber wollte. Es war die Formel, die mir vertraut war, die Ausrede, die ich selber gern gebrauche, wenn ich an meine Fehler denke: Dass ich nur aus Höflichkeit nicht hatte Nein sagen können … Er sagte, dass er sie anfangs nett fand und sie nicht abweisen wollte, ihm dann aber alles über den Kopf gewachsen war … Bei der Skifreizeit der Landjugend hatte es angefangen, die er mitgemacht hatte, im Bemühen, sich nach den Jahren in der Stadt wieder einzufügen ins Dorfleben. Es war viel Alkohol im Spiel gewesen, und außerdem hatte es Anspielungen gegeben, Anspielungen auf seine Floristenvergangenheit und die Schauspielerei, sein Bruder Eberhard hatte ihn *Blumenmädchen* genannt … Ich nickte verständnisvoll und wollte ihm Rotwein nachschenken, als er fast barsch abwehrte, die Hand aufs Glas legte und ankündigte, jetzt werde er mir einschenken, und zwar reinen Wein.

Ich hielt mich an meinem Glas fest, während er loslegte, in Halbsätzen aus Wortfetzen, mit einer unvermittelten Wucht im Ausdruck, die auf die Bühne gepasst hätte, auf die aber mein Besprechungszimmer nicht vorbereitet war, trotz der ledergepolsterten Tür, und ich hatte plötzlich Angst, dass uns jemand hörte, obwohl wir allein im Haus waren um diese Stunde, und der Blick des polnischen Papstes auf dem Bild an der Wand machte mich nervös, auch wenn ich mich zu manchem kritisch geäußert hatte, was er sagte.

Ich erinnere mich noch, dass ich, als der Andreas gegangen war, hilflos in meinen Seelsorgeratgebern blätterte und mir den Kopf darüber zermarterte, wie ich die Predigt, die schon ausgedruckt in ihrer Klarsichthülle in der obersten Schublade lag, noch verändern könnte. Was ich, falls er es sich überlegen und die Hochzeit doch stattfinden sollte, in der Predigt noch sagen konnte nach diesem Gespräch. Aber etwas Vernünftiges war mir nicht eingefallen, und von dem, was ich dem Andreas gegenüber im Gespräch erwähnt hatte, taugte nichts für eine Traupredigt. Ich hätte ja nicht in der Predigt sagen können, dass er mit dieser Eheschließung seinen Eltern Sorgen ersparte – auch wenn ich ihn auf die Sorgen hinwies, die er seinen Eltern aufbürdete, wenn er seinen Kopf durchsetzte. Und die alte katholische Lehre von der Ehe als *remedium concupiscentiae*, die ich – mit ironischer Distanz zwar, aber nicht ohne einen gewissen Ernst – ihm gegenüber erwähnt hatte, mochte zwar moralisch genau das sein, was den alten Steyers vorschwebte, aber sinngemäß übersetzt war es nicht mit dem vereinbar, was auch romantische Minimalisten von einer Traupredigt erwarten: Als Mittel gegen die Leidenschaften mögen auch abgeklärte Geister wie die Schwender Pia die Ehe nicht bezeichnet wissen, ein paar Stunden vor der Hochzeitsnacht.

Auf das, was er mir zu sagen hatte, war ich nicht vorbereitet gewesen. In meinen Bücherregalen hatte ich nichts gefunden, was mich rüstete für seine Geständnisse. Noch im Gespräch hatte ich die Reihen überflogen und mein Blick war weitergewandert, weg von den theologischen Schriften und hin zur Weltliteratur. Aber mein hilfloser Hinweis darauf, dass Thomas Mann fünfmal Vater geworden war, hatte nichts mehr geholfen. Er hatte gelacht, aber es war ein wegwerfendes, verächtliches Lachen gewesen.

Ich habe jetzt noch diesen Abschied im Ohr: seine entschlossenen Worte, dass diese Hochzeit nicht stattfinden würde, und seinen Vorwurf, dass er sich von mir anderes erhofft hätte. Er hatte mir vertraut, sagte er, weil er mich für anständig hielt: Im Gegensatz zu einem meiner Kollegen hätte ich die Bewunderung, die er mir als Junge entgegengebracht hatte, nie missbraucht, und das würde er zu schätzen wissen – er wisse, wovon er rede. Ich habe es noch vor mir, wie er an mir vorbeistürmte, ohne meine ausgestreckte Hand zu ergreifen, dass er mein *Auf Wiedersehen* nicht erwiderte und wie ich wie hypnotisiert auf meine Bücherwand starrte, während zuerst dumpf die gepolsterte Ledertür zufiel, gleich darauf die schwere Haustür ins Schloss, und wie schließlich fast gleichzeitig die Autotür knallte und der Motor aufheulte.

Meine Nacht nach diesem Gespräch war schlaflos gewesen. Meine Überlegungen, was ich mit meiner schon im Voraus verfassten Predigt machen sollte, hatten mich wach gehalten, und auch die Frage, wie ich den Steyers jetzt gegenübertreten sollte, bei denen ich nach wie vor einmal im Monat sonntags zum Mittagessen eingeladen war – als Freund der Familie. Erst gegen Morgen war ich eingedöst, als nicht der Wecker, sondern das Telefon mich aus dem Bett riss – und mit einem Schlag alles hinfällig machte, meine Entwürfe und meine Bedenken und auch alle anderen törichten Überlegungen in Zusammenhang mit dieser Hochzeit.

Unter einer Autobahnbrücke hatte man ihn gefunden, um halb fünf Uhr morgens. Es war also nicht direkt nach dem Gespräch passiert, sondern Stunden später. Er kam von Norden, aus Richtung Ludwigshafen, wo er offenbar einige Stunden verbracht hatte. Wo er dort genau gewesen war, wusste damals niemand, auch ich erfuhr es erst viel später. Erst zu einem Zeitpunkt, an dem die polizeilichen Ermittlungen längst abgeschlossen waren. Es hätte niemandem mehr geholfen, es noch zu sagen, und den Steyers wäre es nicht recht gewesen, darüber noch zu sprechen.

Der Eberhard war längst entlastet: Zum Zeitpunkt des Geschehens hatte er ein Alibi, ausgerechnet durch die Pia, mit der er, wie beide glaubhaft versicherten und es durch Zeugen belegt wurde, seinen Bruder in allen möglichen Kneipen und Diskotheken der Südpfalz gesucht hatte – nach einem Familienstreit, über dessen Inhalt es allerdings unterschiedliche Aussagen gab.

Verdächtigungen, das Auto sei durch seinen Bruder manipuliert worden, wurden nach einer gründlichen polizeilichen Untersuchung entkräftet: Die Bremsen funktionierten einwandfrei, und auch die Reifen sowie die Radschrauben waren zum Zeitpunkt des Aufpralls in tadellosem Zustand gewesen, hieß es hinterher – auch wenn niemand genau erklären konnte, wie das festgestellt werden konnte: Der BMW soll fast völlig ausgebrannt gewesen sein, als die Polizei kam.

Auch der anonym vorgebrachte Verdacht, der Bruder habe das Auto nach dem Unfall angezündet, war nicht zu halten. Ich konnte mir vorstellen, von wem er kam, aber ich habe es für mich behalten. Genauso wie mein Wissen, dass es doch kein Unfall war.

+++

Mein Kater maunzte, und ich ließ ihn ins Freie. Es wurde dunkel draußen, da will er immer hinaus. Ich machte die Tür schnell wieder zu, als ich am Klingbachweg eine Gruppe schwarz gekleideter Frauen sah, die vermutlich vom Leichenims kamen, den die Landfrauen ausgerichtet hatten, zu Ehren der Trudel, die jahrelang im Vorstand gewesen war. Sie war überall vornedran gewesen, im Frauenkreis, im Missionszirkel, im Pfarrgemeinderat.

Ich überlegte, ob sie meinen Versprecher kommentiert hatten. Die jetzige Vorsitzende hatte einen Kranz niedergelegt und die vielfältigen Verdienste der Verstorbenen gewürdigt.

Das hatte ich auch getan. Anfangs war alles korrekt und in Ordnung gewesen bei meiner Traueransprache für die Trudel. Sie hat drei Kindern ins Grab schauen müssen, hatte ich gesagt. Und die Kinder beim Namen genannt, Andrea, Eberhard und Andreas, die alle zu früh aus dem Leben gerissen worden waren, Andrea als Kind durch eine Krankheit und die beiden anderen durch Unfälle. Durch tragische Unfälle, hatte ich gesagt und gespürt, dass mir die Stimme einen Augenblick versagte, was mir oft vor- und im Übrigen nicht schlecht ankommt bei Trauerreden, weil es ein Hinweis darauf ist, dass nicht alles nur Routine ist. Beim Sprechen merkte ich, dass in mir die Aufregung von damals wieder hochkam, auch der Satz der Trudel, den sie mir vor der Beerdigung vom Andreas, völlig hysterisch und aufgelöst, ins Gesicht geschrien hatte: *Mit ämme Ufall kann ma als Ageheericher weiterhin e aschdänniches Lääwe fiehre*, und der mir später in den Sinn kam, als ihr zweiter Sohn tatsächlich einen Unfall hatte, einen, bei dem er betrunken in einem Überholmanöver drei andere mit in den Tod gerissen hatte.

All das war in meinem Kopf, während ich die Tugenden der Verstorbenen hervorhob und betonte, dass sie ein Beispiel für eine Geschäftsfrau gewesen war, die es ernst meinte mit der Sozialverpflichtung des Eigentums.

Dass sie den Satz *Eigentum verpflichtet* manchmal zitierte, hatte ich erwähnt und auf die großen Orgelpfeifen verwiesen, die die liebe Verstorbene Trudel Steyer gestiftet hatte, nach dem Tod ihres Mannes, der als Vorsitzender des Verwaltungsrats große Verdienste bei der Renovierung der Kirche erworben hatte.

Eigentum verpflichtet, das hatte sie auch dem Andreas gesagt, als es um seine Heirat ging. Er hat es mir zitiert, und es war klar, dass es nicht im Sinne der katholischen Soziallehre gemeint gewesen war, sondern dass es um den Ruf der Familie ging dabei. Aber daran hab ich nicht gedacht heute bei meiner Ansprache, es ist mir erst hinterher wieder in den Sinn gekommen, nachdem ich mich vorm Leichenims gedrückt hab' und am Pfarrhaus vorbeigegangen bin und hochgeschaut hab' zum Fenster meines ehemaligen Besprechungszimmers, in dem ich früher die Gespräche geführt habe, die für den Beichtstuhl zu persönlich und für mein Wohnzimmer zu offiziell waren. Das Zimmer, in dem ich den Andreas und ein paar Monate später den anderen jungen Mann mit dem polnischen Akzent empfangen habe, der mich zuerst aus Mannheim angerufen und dann persönlich besucht hatte.

Dieses Zimmer bewohnt jetzt der kamerunische Kaplan, von dem die Steyer Trudel nicht beerdigt werden wollte. Sie ist nicht die einzige, die etwas gegen ihn hatte. Es sind die Alteingesessenen und Ewiggestrigen, die etwas gegen ihn haben. Eine meiner Anhängerinnen – die es zumindest bisher gab – hat es neulich sarkastisch auf den Punkt gebracht, mir gegenüber: Das Problem ist nicht, dass er schwarz ist, sondern dass er anders schwarz ist, als sie es gern hätten, hat sie gesagt. Und das Problem ist nicht, dass er kein Deutsch kann, sondern dass sie keins können. So hat sie es formuliert, auf dem Friedhof, mit der Gießkanne in der einen und einem Rechen in der anderen Hand, nach einem prüfenden Blick nach allen Seiten, um zu schauen, ob niemand ihr zuhört. Es ist eine von denen, die immer ins Antoniusheim kommen, wenn ich die Messe halte. Sie kommt mit meinem Nachfolger nicht zurecht und zieht mich vor, und sie ist nicht die Einzige. Ich gebe zu, dass es meiner Eitelkeit schmeichelt. Sie hatte recht, das Deutsch des schwarzen Kaplans ist perfekt, und sie hatte auch recht mit dem, was sie noch sagte: dass er außen schwarz ist, aber nicht innen, wie man es hier im Dorf von einem katholischen Priester erwartet. Sie hat mir erzählt, dass er Fürbitten vorträgt, über die sie sich das Maul zerreißen: für Frauen, die bei einer ungewollten Schwangerschaft mit ihrer Entscheidung alleingelassen werden. Für Geistliche, deren Selbstgerechtigkeit größer ist als ihre Liebe zu den Mitmenschen. Für Personen, die aufgrund ihrer sexuellen Orientierung aus der Gemeinschaft ausgeschlossen und in manchen Ländern sogar verfolgt werden … All das hat sie mir erzählt auf dem Friedhof, an der Thujahecke, hinter der weiß Gott wer uns hören konnte, und ich hab' mich rasch verabschiedet. Es war alles wahr, und ich finde, dass er mit allem recht hat, was er sagt, aber es war mir unangenehm, und es geht mir im Kopf herum, während ich in den Leitzordnern mit meinen alten Predigttexten blättere.

Das Wort *sexuell* ist sicher in keiner meiner Predigten vorgekommen. Vielleicht werde ich es am Computer einmal als Suchbegriff eingeben und meine Texte durchforsten, aber ich weiß es auch ohne Recherche. Ich wäre rot geworden. Ich bin auch rot geworden damals, als der Steyer Andreas in meinem Besprechungszimmer, nachdem ich zunächst seine Andeutungen überhört hatte, unmissverständlich klarstellte, was sein Problem war, und dass es letzten Endes auch nicht der Fehler der Pia war, wenn es nicht klappte. In dem Zimmer mit der gepolsterten Tür, in dem der kamerunische Kaplan seine unerschrockenen Predigten und Fürbitten in tadellosem Hochdeutsch aufschreibt.

Zu geschmacklosen Witzen, die sie in Büttenreden zitieren konnten, war ich nicht zu verklemmt gewesen, überlegte ich. Aber zu einer Klarstellung in Bezug auf den Steyer Andreas war ich zu feige.

+++

Eine Taufe, fiel mir ein, während ich in meinem Ordner blätterte, hatte es nie gegeben. Keine nach der Trauung vom Eberhard und keine vorher, obwohl ich damit gerechnet hatte. Nicht nur der Andreas hatte mir von der Schwangerschaft seiner Braut erzählt, sondern auch seine Mutter hatte Andeutungen gemacht, vorher, in einem Gespräch im Kühlhaus, als sie mir ankündigte, dass es schnell gehen müsse mit der Hochzeit, wegen der Leute: *In annere Umständ*, hatte sie gesagt und sich über die ungestümen jungen Leute beklagt, die nicht mehr warten konnten heutzutage. Meine Beschwichtigung, dass das heute so genau keiner mehr nehme, hatte sie nicht gelten lassen: Wenn die Hirten den Weg nicht zeigen, ist die Herde verloren, hatte sie gesagt, auf Hochdeutsch, wie sie es immer tat, wenn sie meinte, mich maßregeln zu müssen. Und gleich darauf hat sie mir mit einer Stange einen Ring *Schwarzdernl* abgehängt, um zu zeigen, dass die vorausgegangene Ermahnung ihrer mütterlichen Fürsorge keinen Abbruch tat. So war sie, und ich habe genickt, als sie mir zuzwinkerte und um beichtväterliche Verschwiegenheit bat. Als ich nach dem Tod vom Andreas mich einmal sehr vorsichtig nach dem Wohlergehen der Pia erkundigte, die inzwischen als Filialleiterin bei ihnen arbeitete, tat sie, als hätte das Gespräch über die notwendige schnelle Hochzeit nie stattgefunden. Dement war sie damals noch nicht. Vielleicht hätte sie eher die Wahrheit gesagt, wenn sie es schon gewesen wäre. Damals war sie eine der Eifrigsten beim Sammeln von Unterschriften für das ungeborene Leben.

Ob die Schwangerschaft erfunden war, um dem Andreas Druck zu machen, weiß ich bis heute nicht. Oder ob sie schwanger war und das Kind nicht austrug … Gebeichtet hat es die Pia nicht – sie kam nicht zu mir beichten. Gebeichtet hat nur ihre Schwiegermutter, die Trudel. Aber sie brachte es fertig, so zu beichten, dass ich hinterher mehr über die Sünden der anderen wusste als über ihre eigenen. Sie hat mir gebeichtet, dass ihr Sohn sich das Leben genommen hat – obwohl ich es wusste. Und sie hat auch seine andere Sünde gebeichtet, die nach ihrer Ansicht die größere Sünde war: dass er *verkehrtherum* war und dass er es ihr sogar gesagt hatte … Sie hat mir gebeichtet, was ich wusste. Sie hat mir auch gebeichtet, dass ihr Mann die Polizei bestochen und dafür gesorgt hat, dass die Brieftasche vom Andreas verschwunden war, mitsamt dem belastenden Material, nämlich den Bildern und Briefen von diesem Polacken, der ihn verführt hatte ... Und sie hat mir gebeichtet, dass ihr Mann den Eberhard dazu gebracht hat, im Morgengrauen an der Unfallstelle Bremsspuren zu hinterlassen und den Unfallwagen in Brand zu stecken, für den Fall, dass noch anderes belastendes Material im Auto entdeckt werden könnte.

Und wenn etwas davon an die Öffentlichkeit kommt, hatte sie gesagt, dann werde ich dir dafür sorgen, dass deine Zeit als katholischer Priester vorbei ist. Das hatte sie auf Hochdeutsch gesagt, im Beichtstuhl. Es war bald nach dem Tod vom Andreas, noch zu der Zeit, als der Kommissar meine Messen besuchte. Auch er war einmal in meinem Beichtstuhl erschienen, als Privatmann, wie er sagte, und in eigener Mission, nachdem ihm die Aufklärung des Falles Steyer entzogen worden war. Auch er hatte nie bezweifelt, dass es Selbstmord gewesen war: Er hatte, nachdem er zum Unfallort gekommen war, Fotos gemacht, bevor die Sanitäter kamen und nur bestätigten, was ihm schon klar gewesen war. Der Fahrer war nicht angeschnallt gewesen, es hatte keine Bremsspuren gegeben, der Tacho war bei 187 km/h stehengeblieben. Er hatte alle im Wagen gefundenen Dokumente beschlagnahmt, den Abschiedsbrief auf dem Beifahrersitz, die Brieftasche, das Adressbuch mit Telefonnummern, unter anderem von Lokalen in Köln und einem in Mannheim ... Das Auto hatte nicht gebrannt zu diesem Zeitpunkt. Was dem Polizisten noch merkwürdiger vorkam als das brennende

Auto, war nicht nur die Tatsache, dass bereits einen Tag später alle Beweismaterialien verschwunden waren und er auf Anweisung des Polizeichefs untersagt bekam, von einem Selbstmord zu sprechen. Ein mehrere Kilometer entfernt aufgefundenes angeschossenes Wildschwein musste als Beweis dafür herhalten, dass der Fahrer in einem Ausweichmanöver von der Fahrbahn abgekommen und auf den Brückenpfeiler geprallt war.

Das hatte mir der Polizist gesagt und von mir wissen wollen, was ich von dieser Verschleierung halte. Ob ich nicht auch denke, dass etwas Verdächtiges dahinterstecke, eine psychische Schuld, die verdeckt werden sollte. Und ob das Wildschwein nicht als Sündenbock für etwas herhalten musste, was er nicht durchschauen konnte, jedenfalls nicht ohne meine Hilfe …

Ich habe ihm gesagt, dass der Beichtstuhl nicht dafür da ist, dem Beichtvater Geständnisse zu entlocken. Und dass ich ihm, selbst wenn ich es wollte, nichts sagen konnte zu den Fragen, die er mir stellte. Es war wahr – ich hätte es nicht gekonnt. Er war nach der Steyer Trudel zu mir in den Beichtstuhl gekommen, und alles, was ich ihm hätte sagen können, hätte mir als Bruch des Beichtgeheimnisses ausgelegt werden können.

Den Besuch vom Andreas habe ich ihm gegenüber nicht verschwiegen. Ich habe ihm erzählt, dass der Andreas mir von seinen Ängsten einer vorehelichen Schwangerschaft gesprochen und ich ihn beruhigt hatte … Seltsamerweise hat er es mir geglaubt, und ich habe ihm nicht widersprochen, als er sich über die menschenverachtende Sexualmoral der Kirche empörte.

Wieso ich mich von der Trudel so hatte unter Druck setzen lassen, weiß ich bis heute nicht. Es gab nicht wirklich etwas, womit sie mich hätte erpressen können. Mein Verstoß gegen das Keuschheitsgelübde, den ich auch ihrem Mann gegenüber einmal erwähnt hatte, war nichts, womit sie mir wirklich hätte schaden können. Im Ordinariat hätten sie müde darüber gelächelt und wären froh gewesen, dass sie nicht mit Alimentenforderungen konfrontiert wurden.

Ich weiß nicht, warum ich manchmal darüber sprechen musste. Niemand hätte etwas davon gewusst, wenn ich es nicht gesagt hätte. Es war bei einem Pastoralbesuch in Afrika passiert, und ich habe noch lange von der Frau geträumt hinterher. Sie hat als Hausmädchen bei den Franziskanern gearbeitet. Vielleicht war es männliche Prahlerei, wenn ich ab und zu Andeutungen machte, zeitlich verfremdete, auf die Zeit vor meiner Weihe datiert, als es Aids noch gar nicht gab … Wenn ich ein schlechtes Gewissen habe, dann der Frau gegenüber, die hoffte, dass ich sie mitnehmen würde nach Europa. Von den Franziskanern weiß ich, dass sie an Aids gestorben ist inzwischen. Ich weiß nicht, ob sie es damals schon hatte, auf jeden Fall bin ich ihr dankbar dafür, dass sie sich über päpstliche Vorschriften hinwegsetzte und auf Kondome bestand. Ich hätte in meiner Aufregung nicht daran gedacht. Später hab' ich Höllenqualen durchgestanden, vor dem Aidstest. Es war eine Art Fegefeuer auf Erden.

Die Franziskaner haben davon nichts mitbekommen. Nur, dass ich ihr immer Geld geschickt habe, nicht, warum ich das tat. Mein Ruf ist besser, als ich es bin.

+++

Den Verstand der Trudel hat der Eberhard mit ins Grab genommen. Ziemlich bald danach ging es los mit ihrer Verwirrtheit, und ihrem eigenen Mann, dem Steyer Otto, war gerade noch die Zeit geblieben, dafür zu sorgen, dass die geplante Scheidung seines Sohnes anerkannt und der ehemaligen Schwiegertochter nur die ihr rechtmäßig zustehenden Ansprüche, nicht aber das gesamte Vermögen zugesprochen wurden.

Ich habe mich manchmal gefragt, ob es ihre Strafe war, dass ihr Verstand, den sie so raffiniert einzusetzen wusste, ihre arme Seele allein gelassen hat, eingesperrt in ihren Körper, der allmählich alle Dienste verweigerte. Sie, der alle gehorcht haben, die Lehrbuben und Gesellen und Verkäuferinnen – und nicht zuletzt ich … Der Andreas wollte ihr nicht gehorchen, und deshalb ist er damals zu mir gekommen. Vor seinem Vater hatte er keine Angst, hatte er mir gesagt, obwohl der ihm angedroht hatte, den Polacken mit der Knochensäge in Stücke zu schneiden, wenn er sich noch einmal blicken ließe. Seine Mutter hatte nur angekündigt, sie werde sich das Leben nehmen, wenn irgendetwas an die Öffentlichkeit käme und er die Ehre der Familie besudeln würde.

Der Andreas hat mir alles gesagt an diesem Abend. Ich glaube, dass ich den Begriff *outen* damals zum ersten Mal gehört habe. Er hat von dem polnischen Ingenieur erzählt, der bei den Steyers im Schlachthaus in zwei Monaten mehr verdiente als daheim im ganzen Jahr. Ich weiß noch, dass ich seinem Blick ausgewichen bin, weil ich seine strahlenden Augen nicht ertragen konnte, wenn er von ihm sprach, ganz anders, als wenn er von der Pia sprach … Man war nicht vorbereitet auf so etwas damals, der Paragraph 175 wurde erst später abgeschafft, 1994.

Ich habe ihm keine Schuld gegeben. Ich habe ihn nur gefragt, wie er damit leben würde, wenn seine Mutter sich etwas antäte. Und dass er doch dankbar sein konnte, wenn sie sein Geheimnis daheim akzeptierten. Da sie ihn ja nicht verstießen, sondern ihn in ihrer Nähe akzeptierten, trotz seines Geständnisses. Ob er wirklich die goldene Brücke verschmähen dürfe, die sie ihm bauten …

Der Satz ist mir später noch in den Ohren geklungen. Die goldene Brücke, an deren Pfeiler er zu Tode kam …

Mir hat der junge Mann aus Polen, der irgendwann bei mir erschien und um ein Beichtgespräch bat, keine Vorwürfe gemacht. Nur sich selber, weil er in dieser Nacht dem Andreas, nachdem er von mir kam, mitteilte, dass er nach Polen zurückkehren und heiraten würde. Wie seine Familie es wünschte und auch das Mädchen, das auf ihn wartete. Und dass der Andreas das Gleiche tun solle, wie seine Eltern es wünschten. Er hat mir auch gestanden, dass er es nicht freiwillig gesagt hatte, sondern nach einem Anruf der Steyers, die ihn vor die Wahl gestellt hatten: Entweder er würde sofort aus Deutschland verschwinden oder er würde in Polen keinen Fuß mehr auf den Boden setzen, weil seine gotteslästerliche Verdorbenheit bekannt würde – dafür wüssten sie zu sorgen.

Ich habe ihn losgesprochen damals, von all seinen Selbstvorwürfen. So wie ich alle losgesprochen habe, von den Sünden, die sie mir beichteten.

Mich habe ich nie losgesprochen. Und ich werde es wohl auch nie können. Versprochen habe ich mich heute, das ist alles. Aber ich habe Angst, dass es ein Vorzeichen sein könnte. Bei der Trudel hat es fast zehn Jahre gedauert. Ich glaube nicht, dass es ein zusätzliches Fegefeuer braucht.

Es schlug Mitternacht, als ich meinen Predigtordner ins Regal zurückstellte. Meine Cognacflasche war halb leer. Bevor ich ins Bett ging, nahm ich den dicken Gedichtband, der immer auf meinem Nachttisch liegt, und blätterte lange darin, bis ich die Stelle fand.

Denn alle Schuld rächt sich auf Erden, las ich.

Bruno Paulot

EIN BESUCH OHNE FOLGEN

Der Autolärm war verstummt, kein menschlicher Laut drang von der Straße durch das offene Fenster. Eine Amsel tirilierte ein Lied nach dem anderen. Es war die Zeit zwischen Hell und Dunkel, die *blaue Stunde*, wie die Dichter sie nennen, wenn der Tag sich langsam zu verabschieden beginnt, um der Nacht Platz zu machen.

Seine Frau war mit einer Freundin nach Mannheim in die Oper gefahren, in Verdis *La Traviata*, und sein Partner war auf dem Rückweg von Lautern, wo der FCK hoffentlich gewonnen, vermutlich aber verloren hatte.

Er stellte den Weinkühler auf den Tisch, holte die Flasche Chardonnay, die er vorsorglich nachmittags kalt gestellt hatte, aus dem Kühlschrank und griff ins Regal nach einem Glas, das er prüfend gegen das Licht hielt. Papier und Zeichenutensilien lagen erwartungsvoll auf dem Tisch. Gerade, als er sich einen Schluck eingießen wollte, läutete es. Um diese Uhrzeit –?

Er stellte Flasche und Glas ab und ging an die Tür. Durch das kleine Seitenfenster sah er einen Mann mit dem Rücken zur Tür stehen; eine kräftige, gedrungene Gestalt, in ein vergilbtes Wollhemd und abgetragene Cordhosen verpackt. Jetzt drehte er sich um. Vielleicht war es die dichte, blonde Mähne, unter der sich seine Ohren versteckten, und die breite Stirn, weshalb er an ein Shetland-Pony denken musste. Er war sich sicher, den Mann nie zuvor gesehen zu haben. Vielleicht sucht er jemanden in der Nachbarschaft oder er ist ein Bekannter seines Partners? Er öffnete die Tür … und blickte in den Lauf einer Pistole.

„Heb deine langen Flossen!“, schnarrte ihn der Unbekannte an. Und schon knallte die Tür, die er mit dem Ellbogen nach hinten geschnickt hatte, ins Schloss. „Vorwärts!“

Der Lauf der Pistole, den ihm der Unbekannte ins Kreuz drückte, war ein überzeugendes Argument, nicht an Widerstand zu denken.

„Setz dich!“ Immer die Kanone auf ihn gerichtet, wartete der Unbekannte, bis er Platz genommen hatte.

„Darf ich mal wissen …?“

„Du hörst jetzt zu und wirst das machen, was ich dir sage!“, fiel ihm der Unbekannte ins Wort.

So leicht wollte er sich nun doch nicht ins Bockshorn jagen lassen. „Wer bist du eigentlich?“, fragte er trotzig

„Seit wann duzen wir uns denn, mein Freund?“, erwiderte der Unbekannte in einem onkelhaften Ton und richtete mit einem satyrhaften Grinsen die Pistole auf ihn.

Ein absoluter Psychopath! Einer von der Sorte, die nicht lange fackeln. Also tu, was er verlangt. Du hast keine andere Chance.

„Nun zur Sache, mein Freund! Du wirst jetzt ein Porträt von mir zeichnen, ja? Ein Porträt, das mich genau so wiedergibt, wie ich bin, nämlich: sympathisch, freundlich, gutaussehend. Verstanden? Du hast siebzehn Minuten Zeit! Genau siebzehn Minuten und keine Minute länger!“, ergänzte er und sah auf seine Armbanduhr. „Und immer daran denken: sympathisch, freundlich, gutaussehend. Also gib dir Mühe!“ Er strich sich die blonde Mähne aus dem Gesicht und setzte sich in Positur.

Ein brandgefährlicher Psychopath! Selbst wenn er dir befiehlt, Dreck zu fressen – du musst tun, was er sagt, wenn dir dein Leben lieb ist. Mit zittriger Hand griff er nach einem Zeichenstift.

Immer wieder schaute er auf, bemüht, in seinem Gegenüber wenigstens die Spur dessen zu entdecken, was dieser Eindringling von sich sehen wollte. Vergebens! Seine Visage gab nichts von dem her. Er schob das Blatt auf die Seite und legte sich ein neues hin. Nein, aufgeben durfte er nicht. Er hatte nie aufgegeben, und er würde auch jetzt nicht aufgeben. Mach dich frei von seinen Vorgaben und zeichne ihn, wie *er* sich sieht, und nicht wie *du* ihn siehst, ermahnte er sich.

Wenn es seiner über viele Jahre geübten Arbeitsweise entsprach, erst dann nach dem Zeichenstift zu greifen, wenn er eine Idee, eine Vorstellung von dem hatte, was er aufs Papier bringen wollte, so überließ er dieses Mal, *frei von Gedanken*, seiner Hand die Führung, die sich sogleich in Bewegung setzte.

Kaum, dass sie die ersten zaghaften Striche aufs Papier gebracht hatte, begann sich langsam, wie von selbst, ein Gesicht zu formen, ein wohlgestaltetes, freundliches, sympathisches, ausdrucksstarkes Gesicht. Ein Gesicht, das ihm irgendwie bekannt vorkam. Erschrocken hielt er plötzlich inne. Das war doch George Clooney, den er da zeichnete –! George Clooney! Unverkennbar George

Clooney! Ihn hatte er dieser Tage in einem Film gesehen … *Männer, die auf Ziegen starren.*

Gerade als er ansetzte, nach einem frischen Blatt zu greifen, spürte er einen Druck in seinem Rücken – die Pistole des Unbekannten, der seinen Platz verlassen hatte und unbemerkt hinter ihn getreten war. Dem Zeichner brach der Schweiß aus. Das bin doch nicht ich, wird er gleich sagen. Das ist doch George Clooney! Du willst mich wohl verarschen, Mann! Nach einer halben Ewigkeit spürte er die Hand des Unbekannten, die ihm auf die Schulter klopfte: „Das wird!", lobte er den Zeichner und begab sich wieder auf seinen Platz.

Der Zeichner atmete tief durch. Er konnte es nicht fassen … Wie kann ein Mensch nur so selbstgefällig sein – und dann noch einer mit dieser Visage! –, sich in George Clooney wiederzuerkennen? Aber haben es die Alten Meister nicht ebenso gemacht … ihre Auftraggeber bis zur Unkenntlichkeit idealisiert?

Während er George Clooney den letzten Schliff gab, blickte er immer wieder auf, um den Eindruck zu erwecken, er würde das Gesicht seines Gegenübers studieren. *Das wird!*, hatte er gesagt. Das wird! Die Hoffnung auf ein gutes Ende beflügelte ihn.

Erschöpft, aber guten Mutes schob er schließlich das Blatt dem Unbekannten hin, der einen langen, prüfenden Blick darauf warf.

„Chapeau! Jawohl, das bin ich!", sprach er anerkennend wie ein Lehrer, der einen begriffsstutzigen Schüler endlich so weit hatte, dass er eins und eins zusammenzählen konnte. „Das schafft keine Fotografie", meinte er und konnte sich kaum von seinem Abbild lösen. „Gut gemacht, mein Freund! Und jetzt noch die Signatur … Stop!“, bremste er den Zeichner. „Du signierst folgendermaßen: ‚Selbstporträt des Künstlers Harry B. Harthmann‘ … Harthmann mit t-h.“

Mit offenem Mund sah ihn der Zeichner an und stöhnte: „Aber …“

Stumm richtete Harry B. Harthmann seinen Blick auf die Pistole. Der Zeichner verstand und tat, wie ihm geheißen.

„Ich werde dir jetzt noch ein paar Worte diktieren“, ließ er den Zeichner wissen und deutete mit der Pistole auf den Rechner, der am Rande des Tischs stand.

Der Zeichner zog den Rechner zu sich und wartete auf die Ansage von Harry B. Harthmann, der noch immer ein Unbekannter war, aber immerhin jetzt einen Namen hatte.

„Du schreibst Folgendes“, begann Harthmann und blickte nachdenklich vor sich hin.

„An alle Freundinnen und Freunde unseres Verlags, alle Geschäftspartner und Menschen, die ich kenne und die mich kennen … Absatz …

Die Stunde der Wahrheit ist gekommen. Das heißt: Ich habe mich entschlossen, endlich reinen Tisch zu machen … Absatz …

Keine einzige der Zeichnungen und Karikaturen, für die mir große Anerkennungen zuteilgeworden sind, nicht eine einzige, egal, ob auf Papier oder auf dreidimensionalen Gegenständen … Klammer auf … *Tassen, Gläser, Umhängetaschen et cetera* … Klammer zu … *stammt von mir. Sie alle sind ausnahmslos geschaffen worden von dem großen Künstler Harry B. Harthmann, den ich sehr verehre. Ganz gleich, was immer Sie von mir gekauft haben, Sie bekommen gegen Vorlage der Quittung Ihr Geld verzinst zurück. Die Sachen selber können Sie selbstverständlich behalten, da sie ohne die Signatur des Künstlers Harry B. Harthmann nur einen Materialwert haben* … Absatz …

Ihr zutiefst beschämter Steffen Boiselle – Komma – *AGIRO Verlag* – Komma – *Neustadt an der Weinstraße.*"

„Was –?", fuhr der Zeichner hoch. Und schon schlug ein Geschoss in den Rechner ein, der am anderen Ende des Raums auf einem Tisch stand. Harry B. Harthmann blies seelenruhig, als wäre nichts geschehen, in den Lauf seiner Pistole, aus dem graublauer Rauch entwich.

Wenn der Zeichner zuvor noch in Erwägung gezogen hatte, ihm in einem günstigen Moment die Waffe aus der Hand zu schlagen, verwarf er nun endgültig jeden Gedanken an Widerstand.

„Weiter! Du wirst jetzt mein Selbstporträt und dein beschämendes Geständnis in deinen Newsletter setzen und ihn losschicken. Oder siehst du das etwa anders?" Wieder fuchtelte er mit seiner Kanone.

„Nein, nein!", beeilte sich der Zeichner zu sagen. Was blieb ihm auch anderes übrig in der ausweglosen Situation, in der er sich befand –?

„Wissen Sie, dass Sie damit unseren Verlag ruinieren … total ruinieren?" In seinen Worten spiegelte sich ein Funken Hoffnung, vielleicht doch noch Harry B. Harthmann umstimmen zu können.

„Senden!“, fuhr Harry B. Harthmann ihn an.

Der Zeichner schickte den Newsletter hinaus in die Welt. Im Bruchteil einer einzigen Sekunde war die Arbeit von Jahrzehnten vernichtet.

Harry B. Harthmann, sichtlich mit sich zufrieden, holte ein zweites Glas aus dem Regal und goss in beide Gläser Wein. Er hob seines und prostete dem Zeichner zu. „Das haben wir beide jetzt verdient, nicht wahr, mein Freund?“

Plötzlich begann es zu klicken … ip ip ip ip ip ip ip ip ip ip ip ip ip ip ip ip ip ip ip ip ip ip ip ip ip ip ip ip ip ip ip ip ip ip ip ip ip ip ip ip ip ip ip ip ip ip ip ip ip ip ip ip ip ip ip ip ip ip ip ip ip ip ip ip ip ip ip ip ip ip ip ip ip ip ip ip ip ip ip ip ip ip ip ip ip ip … Wie Lavamasse rann der Shitstorm aus dem Rechner des Zeichners über den Tisch …

„Was ist denn los mit dir, Steffen?“

„Harry B. Harthmann!“

„Wer, bitte?“

„Harry B. Harthmann!“, stöhnte er. „Mach sofort einen Termin mit unserem Anwalt!“

„Mach ich, Schatz. Du aber schlaf jetzt weiter, ja? Es ist erst drei Uhr.“

Der Zeichner nickte, und ein paar Augenblicke danach kündete sein ruhiger Atem, dass er in einen tiefen, erholsamen Schlaf gefallen war.

ÜBER DIE AUTOREN

Michael Bauer ist 1947 in Kaiserslautern geboren. Nach seinem Hochschulabschluss in Literaturwissenschaft arbeitete er zunächst als Liedermacher, Fabrikarbeiter und Buchhändler. Später wurde er Buch- und Zeitungsautor (DIE RHEINPFALZ) und war vor allem als Hörfunk- und Fernsehautor für SWR, WDR und SR tätig. Zur Zeit lebt er als Schriftsteller und Dramaturg in Herxheim bei Landau. Er wurde unter anderem mit dem Literaturförderpreis des Landes Rheinland-Pfalz, einem Auslandreisestipendium des Auswärtigen Amtes, der Hermann-Sinsheimer-Plakette der Stadt Freinsheim, der Fördergabe zum Pfalzpreis und dem Medienpreis Pfalz ausgezeichnet. Von Michael Bauer sind im AGIRO Verlag die Lyrikbände „Pfalzkönig" (2014) und „Seeleschokolad" (2015) erschienen.
Der Erzählung „Slevogts Tod" liegt eine Funkerzählung zugrunde, die Michael Bauer für SWR2 verfasst hat. Dank an den Südwestrundfunk für die Überlassung der Prosa-Rechte und an Günter Krall für das Lektorat.
Kontakt: *www.dodedom.de*

Dr. Michael Martin, der die Anmerkung zu Michael Bauers Kurzkrimi schrieb, ist ebenfalls Jahrgang 1947. Er studierte Geschichte, Französisch, Buch-, Schrift- und Druckwesen in Mainz. Von 1988 bis 2012 war er Leiter des Stadtarchivs und Museums der Stadt Landau. Von ihm stammen zahlreiche Publikationen zur Lokal- und Regionalgeschichte mit dem Schwerpunkt pfälzisch-französische Beziehungen.

Teresa Knoll, geboren 1994 in Germersheim, hat nach dem Abitur eine Ausbildung zur Medienkauffrau im AGIRO Verlag in Neustadt begonnen und ist jetzt im zweiten Ausbildungsjahr. Seit sie denken kann, schreibt sie schon kürzere und längere Geschichten, aber mit „Alice" wurde nun zum ersten Mal eine davon veröffentlicht.

Gerd Heger wurde 1960 in Ludwigshafen / Rh. geboren. Er arbeitet als Journalist und Musikprogrammgestalter beim SR und ist Mitbegründer der Konzertreihe „Bistrot Musique". Der Familienvater, Poet, Songschreiber, Übersetzer und notorische Kultureinmischer liebt alle Arten von Liedermachen und zeichnet als künstlerischer Leiter verantwortlich für das große Chansonfestival Süddeutschlands im Rahmen des Saarbrücker Altstadtfestes. Mit Guido Allgaier hat er ein regional sehr erfolgreiches Programm über Serge Gainsbourg auf die Bühne gebracht, das 2011 unter anderem in Nürnberg zum Bardentreffen und in Berlin aufgeführt wurde.

Manfred H. Krämer, Jahrgang 1956, lebt in Lampertheim in Südhessen. Er ist verheiratet und hat zwei Kinder und eine Enkelin. Im Hauptberuf ist er Lkw-Fahrer bei einer Mannheimer Spedition. Seine Leidenschaft gehört dem Schreiben und seinen Bühnenprogrammen (Heinz-Erhardt-Revue, Mundart-Kabarett „Dutt nit!"). Bekannt wurde er durch seine Krimis um das schräge Ermittlerduo Solo & Tarzan. Daneben gibt es noch den dramatischen

Abenteuer- und Liebesroman „ONCA-Der weiße Jaguar" sowie den Thriller „Die Skorpionin" und den schwarzhumorigen „Mordsquilt". Zurzeit arbeitet Krämer an seinem neuesten Buchprojekt, einem Krimi im Kreuzfahrtmilieu mit einem etwas arg anderen „Helden". „Transozean" wird 2016 im Mannheimer Verlag Waldkirch erscheinen.
Homepage: *www.krimi-kraemer.de*

Boris Koch, Jahrgang 1973, wuchs auf dem Land auf und studierte Alte Geschichte und Neuere Deutsche Literatur in München. Nach fünfzehn Jahren in Berlin lebt er heute – ohne Abschluss und Haustiere – als freier Autor in Leipzig. Er verfasste u.a. den mit dem Hansjörg-Martin-Preis ausgezeichneten Jugendkrimi „Feuer im Blut", „Die Drachenflüsterer-Saga" und den Roadtrip „Vier Beutel Asche". Die Story „Allein unterwegs" ist dem Band „Der Mann ohne Gesicht" entnommen, einer Sammlung von 100 „urban legends". Für die Veröffentlichung hier wurde sie leicht überarbeitet.
Mehr unter: *www.boriskoch.de* & *www.lesehappen.de*

Katrin Tempel wurde 1967 in Düsseldorf geboren und ist in München aufgewachsen. Nach dem Studium von Kommunikationswissenschaften, Geschichte und Politik in Münster und München arbeitete Katrin Tempel zunächst als Journalistin, war Chefredakteurin der Zeitschriften „Gong" und „Bild + Funk". 2005 begann sie mit dem Schreiben von Kinderbüchern (Serie „Die

Pferdeklinik“, Schneiderbuch), es folgten Drehbücher (ZDF-Zweiteiler „Dr. Hope“ mit Heike Makatsch) und Unterhaltungsromane für Erwachsene im Piper Verlag. Als Emma Temple schreibt sie über exotische Schauplätze, als Katrin Tempel „bodenständiger“ über deutsche Themen, wie zuletzt in „Mandeljahre“ (2015, Piper) über das pfälzische Bad Dürkheim. Hier lebt die Autorin inzwischen auch mit ihrem Mann und der gemeinsamen Tochter, beide überzeugte Pfälzer. Im Gegensatz zu der Heldin ihrer Kurzgeschichte kocht Katrin Tempel gerne und plant auch keinen Mord an ihrem Mann.

Dr. Friedrich Schmidt-Roscher wurde 1962 in Zweibrücken geboren und wuchs in Großsteinhausen in der Westpfalz auf. Er studierte evangelische Theologie und Philosophie in Bielefeld, Tübingen, Rom und Heidelberg. 1996 promovierte er in Diakoniewissenschaft über Kindergärten und Gemeindeentwicklung. Er ist protestantischer Pfarrer in Haßloch und lebt dort mit seiner Frau und den drei gemeinsamen Kindern. Sein Krimidebüt gab er 2014 mit „Gol“, einem brasilianischen Fußballkrimi. In Haßloch und Umgebung ist Dr. Schmidt-Roscher bekannt für seine Pfälzer MundArt-Gottesdienste.

Harald Schneider, 1962 in Speyer geboren, wohnt in Schifferstadt und arbeitet in einem Medienkonzern als Betriebswirt. Seine Schriftstellerkarriere begann während des Studiums mit Kurzkrimis für die Regenbogenpresse.

Der Vater von vier Kindern veröffentlichte mehrere Kinderbuchserien. Seit 2008 hat er in der Metropolregion Rhein-Neckar-Pfalz den skurrilen Kommissar Reiner Palzki etabliert, der neben seinem mittlerweile zwölften Fall „Sagenreich" in zahlreichen Ratekrimis in der Tageszeitung DIE RHEINPFALZ und verschiedenen Kundenmagazinen ermittelt. 2013 wurde mit „Die Palzki-Kids in großer Gefahr" eine eigene interaktive Kinderbuchreihe etabliert, in der die Kinder von Reiner Palzki die Protagonisten sind. Im November 2015 erscheint der zweite Band.

Ulrich Magin, geboren 1962, arbeitet als freier Autor, Übersetzer und Lektor im Rheinland. Der gebürtige Ludwigshafener hat neben Büchern über moderne Sagen mehrere Pfalzbücher, zwei Romane, eine Comic-Geschichte sowie Kinderbücher veröffentlicht.
Im AGIRO Verlag sind von Ulrich Magin „Das heitere Pfalzlexikon" und „100 % MONNEM!" erschienen.

Uwe Löhmann wurde 1955 in Frankfurt am Main geboren, wo er 1974 das Abitur machte und ein Jura-Studium begann. Von 1980 bis 1985 war er Mitarbeiter in verschiedenen Buchhandlungen. 1983 zog er nach Ludwigshafen. Im Jahr 1985 gründete er zusammen mit Steffen Boiselle den Boiselle & Löhmann Verlag (Schwerpunkt: Comics). Ab 1990 begann er mit ersten literarischen Übersetzungen. Seit seinem Ausscheiden aus dem Boiselle & Löhmann Verlag 1999 (der seither unter dem Namen BSE Verlag bzw. AGIRO Verlag firmiert) ist er als freier Übersetzer tätig. „Selbst schuld" ist seine zweite veröffentlichte Kurzgeschichte.

Regina Pfanger, geboren 1957 in Landau, studierte Germanistik und Theologie in Mainz. 15 Jahre arbeitete sie als Deutschlehrerin in Afrika (Malawi, Senegal), seit ihrer Rückkehr in die Pfalz 2003 unterrichtet sie außerdem Religion, Ethik und Philosophie. Ihre Erlebnisse und Erfahrungen hat sie immer wieder erzählerisch aufgearbeitet – allerdings nie autobiografisch, sondern stets fiktional verfremdet und oft mit einem humorigen Unterton. „Katrin Siebenter – ein Entwicklungsroman" (1995) schildert die Erfahrungen einer oft hilflosen Entwicklungshelferin, die in Afrika weniger die Gesellschaft als sich selbst ein Stück weiterentwickelt. In „Fast eine Liebesgeschichte" (2014, AGIRO) schlüpft sie in die Schuhe einer schrulligen Pfarrhaushälterin, die lebenslang ihre Energie darauf verschwendet hat, ihre Liebe zu Frauen zu verbergen – aus Angst vor dem Urteil ihrer streng katholischen Umgebung. Die kritische Auseinandersetzung mit Religion und Glaube ist auch in ihrem neuesten Roman „Moussa oder das Bilderverbot" (2015) Thema, daneben geht es um die interkulturellen Spannungen zwischen der traditionell afrikanischen Lebenswelt und der an Fortschritt und Erfolg orientierten europäischen Zivilisation. Aber egal, wie ernst das Thema ist und wie weit erzählerisch hinausgegriffen wird in exotische Ferne – die Pfalz spielt stets eine Rolle, und zu schmunzeln gibt es immer etwas in den Geschichten von Regina Pfanger.

Bruno Paulot stammt väterlicherseits aus der Pfalz, mütterlicherseits aus Lothringen und dem Saarland. Neben dem Studium der Psychologie, das er mit dem Diplom abschloss, studierte er Sprachen und Philosophie. Von ihm gibt es zahlreiche Publikationen sowie Vorträge zum Thema Bild-Text-Beziehung, daneben belletristische Texte und Veröffentlichungen über Jazz.

Steffen Boiselle, Herausgeber und Illustrator dieser Anthologie, wurde 1964 in Ludwigshafen / Oggersheim geboren und zeichnete schon während seiner Schulzeit Comics. Seit 1985 ist er Verleger und war zudem 14 Jahre als Außendienstmitarbeiter für den Hamburger Carlsen Verlag tätig. Seine Cartoon-Reihe „100 % PÄLZER!" erscheint seit 2007 wöchentlich in der RHEINPFALZ AM SONNTAG.
Steffen Boiselle lebt mit seiner Frau in Neustadt an der Weinstraße und liebt das Leben in der Pfalz.

Das Morden ist des Winzers Lust

Pfälzer Kriminalgeschichten
Herausgegeben von Joachim Körber

Hardcover, 256 Seiten, € 19,90
ISBN 978-3-934769-84-7

Im Weinfass ertränkt, mit der Bratpfanne erschlagen, durch die Mistgabel massakriert – das Grauen bricht mit Gewalt in Pfälzer Beschaulichkeit.

Sieben profilierte Autoren haben sich auf eine Wanderung durch die Pfalz begeben und in Bellheim, Germersheim oder Edenkoben, inmitten freundlicher, sonniger Rebenhügel und tiefgrüner Wälder, dem Verbrechen nachgespürt. Herausgekommen sind sechs völlig unterschiedliche, aber immer spannende Geschichten mit viel Lokalkolorit, Humor und skurrilen Typen, die von Mord und Rache, von Täuschung, Betrug und Eifersucht erzählen und dabei den Leser mitnehmen in eine Umgebung, in der man das Böse nicht vermutet.

Weinseligkeit mischt sich aufs Angenehmste mit Gänsehaut!

Folgende Autoren waren in der ach-so-lieblichen Pfalz für Sie auf kriminalistischer Spurensuche:

Gisbert Haefs
Jens Lossau & Jens Schumacher,
Timothy McNeal,
Michael Siefener, Uwe Löhmann
und Joachim Körber

Bella Marie

Roman
von Peter Biron

Hardcover, 144 Seiten, € 9,95
ISBN 978-3-934769-82-3

Liebe, Eifersucht und ein brutaler Mord – Roman nach einer wahren Begebenheit im Speyer der Nachkriegszeit

25. Oktober 1947: In der noch durch den Krieg gezeichneten Kleinstadt Speyer erschlägt der Viehkastrierer Edmund Balthasar seine Frau Johanna und zerteilt sie anschließend in kleine Stücke.
Diese außergewöhnliche Tat, die auch heute noch durch mündliche Überlieferung und aktuelle Artikel der örtlichen Presse bei der Bevölkerung unvergessen ist, bildet den realen Hintergrund für den Roman „Bella Marie". Erzählt wird von dem ungleichen Paar Marie und Melchior, von ihrer Liebe, die unter dem schicksalhaften Stern von Zartheit und Brutalität steht. Hemmungslose Sexualität und Lebensgier stoßen auf bürgerliches Nichtverstehen.
Es geht um eine Liebe bis zur Selbstaufgabe, bis zum blinden Hass – bis in den gewaltsamen Tod.

„Ein sehr fesselndes Buch: Ein grässliches Verbrechen, erwachsen aus großer Armut, großer Verzweiflung und großer Liebe. Als sei Büchners Woyzeck 1947 in Speyer noch einmal blutig wahr geworden."

(Theo Schneider, SWR2)

Der Rebenwolf

Thriller

von Jens Lossau & Jens Schumacher

Hardcover, 256 Seiten, € 19,90
ISBN 978-3-934769-83-0

Horror in der Pfalz

In einem Weinberg irgendwo zwischen Neustadt und Landau wird bei Vollmond die verstümmelte Leiche einer jungen Frau entdeckt – zerfetzt von riesigen Zähnen oder Klauen!

Tillmann Grosch und Frank Passfeller, Sonderkommissare der geheimen SK 66 des BKA, reisen in die Pfalz, um das blutige Rätsel zu lösen. Doch die Bürger des rückständigen Weinbaudörfchens Kottler erweisen sich als verschroben und alles andere als auskunftsfreudig …
Wer – oder was – steckt hinter dem Vollmond-Massaker? Kann eine nächtliche Weinverkostung Licht in einen Fall bringen, der undurchsichtiger scheint als ein Dornfelder Barrique?

Bizarrer und provokanter als „Tod im Häcksler" – der etwas andere Pfalz-Krimi!

„Kriminalistischer Spürsinn, Mysterien, groteske Charaktere und regionale Schauplätze verbinden sich […] zu einer Mixtur, die in kein Genre passt." (FAZ)

Frau Schmattloch ermordet ihren Mann an einem nebligen Frühlingstag

Eine Pfälzer Provinzposse von Joachim Körber
mit Illustrationen von Steffen Boiselle

Hardcover, 128 Seiten, € 9,95
ISBN 978-3-939233-25-1

Es ist ein aufregender Tag für die beschauliche Gemeinde Bellheim: Ein dreister Raubüberfall auf die Filiale der Sparkasse sorgt für einen Großeinsatz der Polizei, die fieberhaft nach dem Bankräuber fahndet. Nicht weit entfernt plagen Frau Schmattloch ganz andere Sorgen: Nach Jahren ehelicher Demütigung hat sie sich endlich ein Herz gefasst und den ungeliebten Gatten ins Jenseits befördert. So weit, so gut. Doch wie entsorgt man eine Leiche fachgerecht und möglichst unauffällig? Ein schier unlösbares Problem, wenn es auf sämtlichen Straßen unerwartet von uniformierten Polizisten wimmelt … und misstrauische Nachbarinnen einen mit Argusaugen beobachten!

Eine rabenschwarze Krimi-Komödie, die Vergleiche mit Theaterstücken wie „Arsen und Spitzenhäubchen" oder Komödien à la „Immer Ärger mit Bernie" nicht zu scheuen braucht.

„Das Beste, was ich seit Langem gelesen habe! Ich habe mich beim Lesen fast eingenässt."

(Harald Schneider, Autor der „Palzki"-Krimis)

DOMSCHATTEN

Kriminalroman

von Ansgar Armbrust

Hardcover, 352 Seiten, € 19,90
ISBN 978-3-939233-13-8

Welches Geheimnis nahm der Domkapitular mit in den Tod?

Speyer feiert den 950. Geburtstag seines Doms. Doch die Jubiläumsstimmung wird jäh gestört, als am Tag nach dem Hochamt ein Domkapitular tot auf dem Kaiserchor gefunden wird. Maria Zoely wird als Sonderermittlerin für die heikle Untersuchung in der Domstadt eingesetzt und erkennt bald, dass der augenscheinliche Unfall keiner war. Warum weint dem toten Domherrn kaum jemand nach? War die Neustrukturierung des Bistums der Grund für einen Racheakt? Maria Zoely steht vor einem rätselhaften Fall, der durch eine Reihe seltsamer Fotos und einen ständig wachsenden Verdächtigenkreis immer undurchschaubarer wird. Und dann bittet der Bischof noch um ein vertrauliches Gespräch unter vier Augen …

Ein spannender Kriminalroman, der Historie und aktuelles Zeitgeschehen mit viel Lokalkolorit vereint.

Die Friedenskirche
Ludwigshafen,
nicht nur eine
Kurzgeschichte...
Es gibt sie
wirklich!